〖中华诗词存稿·名家专辑〗

中华诗词学会 编

孙轶青诗词集

孙轶青 著

中国书籍出版社
China Book Press

图书在版编目（CIP）数据

孙铁青诗词集 / 孙铁青著 . -- 北京 : 中国书籍出版社 , 2019.10
（中华诗词存稿）
ISBN 978-7-5068-7614-8

Ⅰ . ①孙… Ⅱ . ①孙… Ⅲ . ①诗词—作品集—中国—当代 Ⅳ . ① I227

中国版本图书馆 CIP 数据核字 (2019) 第 282378 号

孙铁青诗词集

孙铁青 著

责任编辑 王星舒
责任印制 孙马飞 马 芝
封面设计 采薇阁
出版发行 中国书籍出版社
地 址 北京市丰台区三路居路 97 号（邮编：100073）
电 话 （010）52257143（总编室）（010）52257140（发行部）
电子邮箱 eo@chinabp.com.cn
经 销 全国新华书店
印 刷 北京虎彩文化传播有限公司
开 本 710 毫米 ×1000 毫米 1/16
字 数 250 千字
印 张 23.5
版 次 2020 年 5 月第 1 版 2020 年 5 月第 1 次印刷
书 号 ISBN 978-7-5068-7614-8
定 价 198.00 元

《中华诗词存稿》
编委会名单

顾　　问： 郑欣淼　郑伯农　刘　征　沈　鹏
叶嘉莹

编　　委：（按姓氏笔画排序）
丁国成　王　强　王改正　王德虎
刘庆霖　吕梁松　李一信　李文朝
李树喜　陈文玲　张桂兴　范诗银
欧阳鹤　杨金亭　林　峰　罗　辉
周兴俊　周笃文　宣奉华　赵永生
赵京战　钱志熙　晨　崧　梁　东
雍文华

主　　任： 范诗银

副 主 任： 林　峰　刘庆霖

执行主编： 吕梁松　王　强　李伟成

秘　　书： 李葆国

作者简介

孙轶青，别号红霞寓公，本届华夏诗词奖评委会名誉主任。1922年生，山东乐陵人。1938年参加革命工作，历任中共沧县、东光县委书记，游击队政委，地委秘书长，共青团中央常委，全国青联副主席，《中国青年报》社长兼总编辑，《北京日报》党委书记兼总编辑，《人民日报》副 总编辑，国家文物局长，全国政协副秘书长等职。现为中华诗词学会会长。精于诗词书法，著述甚丰。已出版《孙轶青书法作品集》、诗词言论集《开创诗词新纪元》及《孙轶青诗集》。

总　　序

我们这个诗歌大国有一个很好的传统，历来注重“采诗”、搜集整理诗歌材料。作为唯一的全国性诗词组织的中华诗词学会，自 1987 年 5 月成立以来，就十分重视这项工作。学会每年的学术研讨会和历届“华夏诗词奖”，都出版论文集和获奖作品集。纪念学会成立二十年、三十年时，还专门编辑出版了《大事记》《论文选集》《诗词选集》。《中华诗词》创刊以来，每年都制作年度合订本。2007 年 5 月，在北京天识东方文化艺术传播有限公司的资助下，以近代以来诗词创作、诗词理论、诗词运动重要文献汇编，当代名家个人作品专集等为主要内容，出版了《中华诗词文库》。经过十来年的编辑整理，已经出了近百卷。这些诗集、文集的出版，记录了近百年来尤其是改革开放四十多年来，中华诗词从起步、复苏走向复兴的砥砺前行的历程，为近、当代诗歌史的撰写准备了丰富的资料。

党的十八大以来，中华民族优秀传统文化重新受到应有的重视。习近平总书记《念奴娇·追思焦裕禄》词和《军民情》七律的相继发表，引领中华大地诗潮滚滚而来。《中共中央关于繁荣发展社会主义文艺的意见》和中办、国办《关于实施中华优秀传统文化传承发展工程的意见》，都明确提出“加强对中华诗词、音乐舞蹈、书法绘画、曲艺杂技和历史文化纪录片、动画片、出版物等的扶持。”国家教育部组织制定由中华诗词学会起草的新中国语言体系中的新韵书《中华通韵》已经通过国家语言文字工作委员会语言文字规范标准审定委员会审定，即将颁布全国试行。这些都使我们真切地感受到，中华诗词的春天真的到来了。诗人们乘着骀荡春风，正以高昂的激情，书写着中华民族伟大复兴的新时代、新史诗，国家富强、民族振兴、人民幸福的中国梦；正以与人民同呼吸、共命运的诗人之心，对人民的欢乐、人民的忧患、人民的情怀给以诗意的表达；正以“美”或“刺”的诗人之笔，对市场经济大潮中人民对幸福生活的期待，对美好未来的希望，对假丑恶的深恶痛绝，或给以方向，或给以赞美，或给以鞭挞。正如习近平总书记所指出的：“好的文艺作品就应该像蓝天上的阳光、春季里的清风一样，能够启迪思想、温润心灵、陶冶人生，能够扫除颓废萎靡之风。”

当前，传统诗词创作者和诗词爱好者队伍发展迅速，已超过三百万。每天创作的诗词作品超过唐诗、宋词、元曲的总和。诗词评论研究队伍也成长很快，诗词评论、诗词学、诗词创作理论研究成果丰硕。如何从浩如烟海的诗词作品中“淘”出优秀作品，并使之存下来、传下去，如何使诗词研究理论成果“面世”并发挥应有的指导作用，确实是摆在我们面前的无可回避的一个重要课题。中华诗词学会是一个没有国家编制，没有国家拨款的社会团体，事业的运转主要靠社会赞助和会员费支撑。俊识（北京）文化传媒有限公司总经理吕梁松、北京采薇阁总经理王强，两位一直是对中华传统文化情有独钟的热心人，慷慨解囊，愿意同中华诗词学会一起，搜集整理编辑推出《中华诗词存稿》这套书，共同为中华诗词文化的继承和发展，做成这件十分有意义的事情。

《中华诗词存稿》主要搜集整理出版三部分内容的资料：一是当代诗词名家的个人作品集；二是当代诗词评论家、诗词学者的学术著作集；三是当代诗词作品、诗词理论学术成果阶段性、专题性、地域性的集成类作品集。诗词作品强调精品意识，沙里淘金，把“有筋骨、有道德、有温度”的优秀诗词作品搜集起来。诗词评论、研究类资料强调理论性和创新性，应具有鲜明的个性特点，具有创建性的见解。集成类的资料应有一定的史料保存价值。总之，做成一套具有当代价值和历史意义的好书。在此，我们编委会人员，向提供资料、筛选编辑、版面设计、校对勘误，包括所有为这套资料付出辛勤劳动的同志们，表示真诚的谢意！

郑欣淼

二〇一九年七月于北京

序

刘征

今年春天，友好小聚，祝贺孙老八五华诞。孙老对我说，他准备将多年来的诗作结集问世，要我作序，我欣然应命。孙老是我的良师益友，为他的诗集作序，一大乐也。书稿编辑未竟，而孙老住进医院。而今即将付梓，不待与孙老商酌只好命笔了。

一

孙老，壮岁倥偬戎马，晚年寄情风骚，文武兼备。近二十多年来，中华诗词，这个国宝中之重宝，从遭到冷遇到复苏，从复苏到初步繁荣，已形成复兴的态势。在这曲折复杂而日益向上的过程中，孙老始终是领导者之一，居于领军地位。根据工作需要，他写了一系列论文，都收在他最近出版的《开创诗词新纪元》里。这是指导实践的理论，是当代诗词发展的历史记录，是研究诗史的重要文献。他倡导诗词改革，倡导在继承基础上的创新，主张当代诗词要反映时代，贴近生活，面向民众。这一指导思想，对于当代诗词的健康发展起了重要作用。

孙老不仅是理论家，而且是一位实践自己的创作主张的诗人。他十分谦虚，深自韬隐，写了大量的作品，却很少示人。一般知道他只是应某种需要而作，作品不多。这次结集，竟达千余首，泱泱乎大观矣。

二

《孙轶青诗词集》所收主要是近几十年的诗作。由于工作的需要，诗人的足迹，不仅遍天下，而且遍及城乡的许多基层单位，不仅关注当今而且深及历史。他吟兴颇浓，几乎一步一诗。他以极大的热情歌唱改革开放以来国家重大政治活动以及经济建设、文化建设和科技发展的重大成就，也包括战胜重大自然灾害（如非典、洪水）的胜利。他对诗坛倾注满腔热情，诗界每一次活动都见诸诗篇。其它如亲友赠答、出访旅游、文物收藏、法书笔砚无不有所吟咏。

这本诗选是孙老自身，一位老同志和诗人精神的集结以及生活的轨迹，是时代多彩的影象。

三

深圳特区的高速发展，成了全国的先锋，诗人以饱含深情的吟笔予以赞颂：

一座新城拔地起，群楼竞与白云齐。
车如流水人如织，开放先锋奔马姿。

奔马，令人想到汉代“马踏飞燕”和唐代的六骏。这些千里驹以现代科技武装更加百倍神勇地向前奔跑。奔马比“拓荒牛”更有历史感。港澳回归，是举国欢庆的大事，诗人兴高采烈，情见乎诗。他所写不只一篇，且举一首：

紫荆开后又莲花，宝岛回归四海夸。
一国原能行两制，台澎再莫隔天涯。

这诗不仅表现与广大华人共同的喜悦之情，还表现一位老同志冷静的思考，赞扬“一国两制”，对国家全面统一的殷切期盼。

神五神六上天，大振国威，大快人心。诗人的诗又欢欣鼓舞地迸发出来。他写了《庆飞天》及《庆飞天续篇》组诗，且引一首：

飞船似箭入苍穹，华夏精英天外行。
登月可期非梦幻，嫦娥狂喜广寒宫。

嫦娥的神话被人们多次引用，这里有特殊的含义。我们的登月飞船即将发射，诗人的祝愿即将成为现实。有人说我们是一个保守的民族，不对，我们的先祖早已梦飞月宫神游八极了。

孙老积极指导和参加中华诗词的各项活动，写了大量的热情诗篇。开创诗词之乡和诗词之县是推动诗词发展的一项重要活动，诗人为永兴开创诗词之县写道：

诗国兴隆诗县昌，永兴立志变诗乡。
推行诗教成功日，素质增强民气张。

由此可见孙老热衷于中华诗词的复兴，不仅在于这项国宝的重光，更在于民族素质增强，民意奋张，国运兴隆。他在另一首诗中说："今庆诗村碑石立，何年更庆国碑丰？"原来孙老有其更加高远的目标，他向往随国家的繁荣富强，诗词文化也实现真正的复兴，那时要立一块丰碑，上书"诗国"两个大字。

孙老不仅倾心传统诗词，也爱新诗，他对新旧兼工的大诗人臧克家敬爱备至，对臧老的不朽力作《有的人》，更加倾倒。他在《悼臧克家》一诗写道：

诗坛今日陨高星，举国悲声兼赞声。
死活全由人品定，一诗哲理万民倾。

"一诗哲理万民倾"，包涵着诗人对臧诗的深刻理解与深情的赞誉。臧老的墓碑上就镌刻着："有的人死了，他还活着"几个大字。

孙老还是一位造诣很深的书法家，他的书法，温于外而劲于内，平实而厚重。他对书法，有独到的见解：

诗为骨肉字衣裳，翰墨情深韵自香。
书内功兼书外得，二王门下效苏黄。

这个"诗骨书裳"论十分精辟，令人叹服。书法要追求诗趣，书艺与诗艺同源，一幅好字即一首好诗。"腹有诗书气自华"，苏、黄皆大诗人，其书醇厚之书卷气，绝非只书艺本身所致也。此论对于某些满纸俗调的恶札是一付良药。

孙老平生最执著的爱好是砚台，可谓爱砚成癖。他藏砚甚丰，所写砚诗砚铭也很多。如《喜获金星砚》：

书城喜获金星砚，墨舞师承颜鲁公，
莫道闲情随逝水，添些文采润东风。

诗人玩砚怀着为盛世添风采的高情。金星砚是歙砚中的佳品，或如雨点，或如流云，金色辉煌，令人眩目，允为文房之珍。

还必须提到孙老的一首赠答诗。他的《西湖偶吟》写道：

西湖荷美夏风斜，香入功高战友家。
忆及征程多血泪，和平信是最珍花。

这首诗清新晓畅，意蕴深沉。“和平信是最珍花”，是老诗人亲历半生战争、半生承平的倾心之语，一字千金。他为全世界祝祷和平。

孙老的诗，朴实厚重，不以藻饰眩人，而时有战士的豪情和才士的灵醒，于诗坛独树一帜。出此一编必为读者所重。

四

孙老与我相交已久，甚为相契，我从他那里学到许多东西。回想二十年前，《中华诗词》创刊初期，孙老曾三次到我家相约主持编务。尔后长期相处，相知益深。再加上我也有砚癖，时时互赏藏砚，其乐融融。那天祝寿，即曾约定另一砚癖《中华诗词》的主编金亭同志和我择日赴孙老之高斋赏砚。

我这篇序，每个字都是对孙老的祝福。孙老的病况虽迁延时日，但日见好转。期待着这诗选的出版能带给他欣喜，期待着早日实现赏砚之约，期待着早日听到他那豪放而温雅的笑谈。时当中秋、国庆双节，云罗笼日，凉风飒然，序于京门之蓟轩。年八十有一，不自知老也。

二〇〇七年十月

目 录

感时篇

抒怀篇

吟坛篇

人物篇

赠题篇

纪游篇

内蒙古……178

吉　林……179

黑龙江……180

江　苏……183

出访篇

亲友篇

杂咏篇

作楹联

感时篇

日寇投降歌入云

日寇投降势喜人，新区双减庆翻身[1]。
中华崛起民心振，鞭炮轰鸣歌入云。

（一九四四年九月）

【注】

① 双减指减租减息，我根据地减轻农民负担的重要政策。

井冈山道路之歌

回顾四十四年前，星星之火正燎原；
巍峨井冈开新路，工农武装夺政权。
后占城市先村庄，马列真理添新章；
从此雾海明航向，百折千回弱变强。
井冈红旗漫天舞，奴隶翻身冤气吐；
豺狼奔突人欢唱，个个杀敌猛如虎。
遍地硝烟遍地火，驱除日寇振山河；
人民战争大海涛，蒋家破旗涛中没。
天安门上太阳升，举国欢呼毛泽东；
东方巨人屹然立，人民中国气如虹。
气如虹，天下惊，环球响彻东方红；
五湖四海卷巨澜，亚非拉美炮音隆。
困兽犹施黔驴技，妄保末日旧秩序；
奈何黄梁梦不长，反动派们空悲泣。
喜看椰林最深处，冲天烟云动地鼓；

万千奴隶持刀枪，昂首挺进井冈路。
井冈路，胜利路，披荆斩棘无反顾；
漫漫长夜终有尽，筑得广厦镇魔骨。
镇魔骨，绘新图，世界大同齐歌舞；
一朝共饮大同酒，我当捻须唱此曲。

（一九七一年七月三十日）

【注】
为纪念“八一”建军节四十四周年，作于中宣部干校。

抗日战争颂

——题赠抗日战争纪念馆

醒狮怒吼震卢沟，烽火熊熊遍九州。
浴血八年终大胜，中华崛起帝魔休。

（一九七八年七月七日）

纪念青沧战役胜利四十周年

喜忆青沧奏凯旋，歌连冀鲁大平原。
平津惊落孤城泪，解放军民战益酣。

（一九八七年一月三日）

沧州即兴

四十年前旧地游，忠魂和泪满心头。
今朝堪慰乾坤变，百业兴隆钻井稠。

（一九八七年四月二十日）

车过沧州口占

故乡难忘是沧州，遥忆当年战火稠。
九死一生余尚健，缅怀先烈泪潜流。

（二〇〇〇年五月二十五日）

纪念建国五十周年

醒狮发愤振中华，四化图强国与家。
跨纪新征抬望眼，百年开遍大康花。

（一九九九年三月十九日）

题赠长春第一汽车制造厂

改旧换新局面开，故人泉下亦抒怀[①]。
汽车岂落世情后，添翼如飞日必来。

（一九八五年七月十九日）

【注】

① 故人指我的朋友和同志——第一汽车制造厂创建者郭力、赵明新等。

咏葛洲坝

龙口截流

巨龙暴怒吼声频，浊浪排空力万钧。
终是缚龙手中物，江流横断静如晨。

大坝建成

铁臂一挥万物乖，全凭人意巧安排。
巍巍大坝驯江水，发电防洪航运开。

江轮过闸

渝汉江轮互往来，闸门缓入暂停开。
关闸提水复行进，笑语笛声满江隈。

（一九八六年一月）

盼统一

海峡难间骨肉情，炎黄一统万心倾。
宜行两制久安策，共固国门同茂荣。

（一九八七年二月十二日）

观宝钢高炉出铁

怒溅银花烟雾浓，火龙翻滚出声隆。
降龙还靠缚龙手，铁水滔滔转炉红。

（一九八七年五月八日）

读《蒋介石隐退溪口始末》

解放军威达九州，独夫权势一朝休。
穷途溪口悄然走，台澎偶成救命舟。

（一九八七年五月二十日）

中国艺术节[①]

金秋忽送春风来，艺苑百花喜竞开。
几代烟云凝盛世，满城歌舞壮征埃。

（一九八七年九月八日）

【注】

① 中国艺术节于 1987 年 9 月 5 日晚在首都体育馆隆重开幕，随之各种艺术活动全面展开。

看武汉钢铁公司一米七轧钢[①]

烈焰喷吐扁钢红，云气蒸腾耳欲聋。
巧施轧机造化力，板材转瞬万千重。

（一九八八年九月十三日）

【注】

① 武汉钢铁公司是新中国成立后新建的第一个大型钢铁联合企业。著名的一米七轧机系统，由第二炼钢厂的连铸车间和热轧带钢厂、冷轧薄板厂、硅钢片厂组成。生产全过程工艺先进，场面壮阔，印象极深。

题赠国营重庆无线电厂

信息时代作英豪，四化工程贡献高。
科技应为四化首，尤尊电子最新潮。

（一九八八年九月二十二日）

咏乡镇企业

农工并举脱清贫，企业堪称聚宝盆。
胜景桃源非梦呓，城乡可共大同春。

（一九八九年九月五日）

任丘油田

如林钻井绿原间，笑令石油出九泉。
雄立世林凭四化，能源长做先行官。

（一九八九年九月十六日）

黄河三角洲感赋

（一）

入海黄河无定踪，河西十载又河东。
回流今始如人意，抽取原油陆海丰。

（二）

滔滔黄水贵如油，灌令荒滩盐碱收。
万顷棉田腾碧浪，千行枣树兆丰秋。

（三）

朝阳斜照抽油机，无际荒原傍水堤。
大地初呈新气象，资源开发正其时。

（四）

改道放淤复定流，驯服海口河低头。
降龙端赖缚龙手，拿下油洲上绿洲。

（一九九〇年七月十三日）

车过新乡

麦苗葱碧菜花黄，禾壮垅宽长势强。
预兆丰年非昔比，兴农大业入康庄。

（一九九〇年四月十四日）

亚运会

拼搏输赢显素功，健儿亚运决雌雄。
金牌鸭蛋去何远，今昔中华大不同。

（一九九〇年九月三十日）

蛇口颂

初醒雄狮左炮台，一声号炮九州雷。
今时又见春来早，开放花先此地开。

（一九九一年五月二十五日）

深圳

一座新城拔地起，群楼竞与白云齐。
车如流水人如织，开放先锋奔马姿。

（一九九一年五月二十七日）

抗灾歌

洪水汹汹淹绿原，英雄畅写抗灾篇。
饥寒无碍歌声壮，大禹子孙能胜天。

（一九九一年七月二十九日）

祝贺中国书协第三次代表大会

盛世欣欣书运昌，红星高照业辉煌。
抗灾义赈龙蛇舞，亚运慨襄翰墨香。
地北天南多俊秀，千家万户爱钟王。
文明大厦夜空里，熠熠喜添万道光。

（一九九一年十二月十一日）

石狮颂

泉州滨海一雄狮，敢效飞龙奋力驰。
窗入蚊蝇知殄灭，赢来清气化神奇。

（一九九二年六月十一日）

十四大好

十方奏乐报佳音，四化奇花震世林。
大跨高阶三级跃，好教新纪满龙吟。

（一九九二年十月二十六日）

周家庄乡赞[①]

不倒红旗四十年，坚决导向小康天[②]。
农工并举财源茂，五业同兴产量翻[③]。
干部清廉心气顺，报酬合理干劲欢。
楼新人健文化好，梦里桃源犹眼前。

（一九九三年三月十四日）

【注】

① 周家庄乡属河北晋县，全乡六个自然村，3605户，11516人。40年来，周家庄乡坚持农业合作化方向，实行“集体经营，统一管理，专业承包，按劳取酬”的管理形式，和工农业并举，农林牧副渔全面发展的方针，取得极其优异的成绩，目前已达到小康水平。

② 周家庄乡原党委书记雷金河，是全国劳动模范，省级农民企业家，现任乡咨询委员会主任，第七届全国人大代表、政协晋县委员会副主席。他带领群众走农业合作化道路几十年如一日，兢兢业业，清正廉洁，被群众誉为革命的“老坚决”。此处坚决一词，语意双关。

③ 五业指农林牧副渔。

黄骅即兴

神黄万里铁龙行，滚滚乌金入沧溟。
汽笛声声鸣四海，九州崛起一新城。

（一九九三年八月二十三日）

贺东明黄河公路大桥通车

东明天堑架飞虹，古道驰驱一瞬中。
宛若神州添羽翼，长风万里献奇功。

（一九九三年十二月二十八日）

政协提案之歌

政协兴提案，参政好经验。
知情便出力，计策竞来献。
党政善而从，各方协力办。
国强民富有，乃是同心愿。

（一九九四年六月二十九日）

纪念甲午战争一百周年

清廷衰朽寇仇欺，兵败船沉屈辱随。
忧患图强须戒腐，国防堪固若汤池。

（一九九四年七月十日）

听丁烟村脱贫事迹介绍

足智多谋胆气豪，由穷变富水平高。
广开矿石商场卖，深掘甘泉岭上浇。
办校育人怀远虑，进军科技采新招。
新鲜经验掌声久，引我欣然唱此谣。

（一九九四年十一月八日）

参观安泰堡露天煤矿

大自然前作主人，打开地壳取煤勤。
铁龙满载乌金去，支援建设树奇勋。

（一九九五年二月七日）

咏大秦铁路

秦皇岛系大同城，喜教铁龙万里行。
寂寞燕山功四化，乌金轧轧入沧溟。

（一九九五年二月十六日）

赞反映社情民意

盛世清明言路开，社情民意上尧台。
政通国泰人舒畅，铁打江山万福来。

（一九九五年三月十一日）

阜 阳

枢纽阜阳路纵横，将来必定大繁荣。
今朝酿酒明朝醉，奋建华都不夜城。

咏京九铁路

烟林夹岸铁桥雄，天堑高山一路通。
四化神州添羽翼，伟哉京九若飞龙。

（一九九六年九月十九日）

井冈山

革命摇篮井冈山，燎原星火铸新天。
今逢京九新机遇，争入小康更向前。

（一九九六年九月二十二日）

参观虎门炮台与林则徐纪念馆

（一）

兵弱国贫狼狗欺，英雄愤起抗争之。
虎门禁毒销烟日，始是扬眉吐气时。

（一九九七年一月）

（二）

国贫官腐列强欺，英杰黎元共击之。
禁毒销烟申正义，百年屈辱贵横眉。

（一九九六年九月二十六日）

参观卫星发射场

群山苍翠笼青烟，射塔危峰傍广寒。
为教人间传快讯，送君飞箭绕高天。

（一九九六年十月二十八日）

咏香港回归

（一）

太平山上落英旗，熠熠红星固国基。
奇耻百年终得雪，明珠碧海焕雄姿。

（一九九五年十二月十五日）

（二）

炎黄四海颂尧台，欢庆孤儿入母怀。
万里江山添锦绣，五星旗下紫荆开。

（一九九七年二月二十一日）

电视屏前颂回归

（一）

威武入香江，三军固国防。
林公泉下笑，宏愿变金汤。

（二）

米帜终飘落，紫荆花盛开，
黯然洋督去，董氏喜登台。

（三）

香港回归日，扬眉吐气时。
天安灯似昼，四海满歌诗。

（一九九七年七月一日）

观三峡大江截流得句

江流横断坝姿雄，高峡平湖共茂荣。
飞渡江轮轮道远，广输水电电源宏。
风光益使风情足，水害翻教水利成。
神女云端歌盛世，禹王泉下赞新程。

（一九九七年十一月十二日）

三峡移民谣

离乡虽苦乐搬迁，因盼坝成山水欢。
更喜脱贫成富裕，齐心共奔小康天。

（一九九七年十一月十二日）

虎年偶吟

虎行阔步兽中王，人入虎年生气扬。
跨纪新征添虎翼，神州飞虎共辉煌。

（一九九八年一月二十四日）

咏沙漠公路[①]

沙海无边沙岭多，英雄筑路镇沙魔。
飞车横跨塔里木，一路胡杨一路歌。

（一九九八年七月二十九日）

【注】

① 沙漠公路以库尔勒为起点，以和田为终点，横跨塔里木盆地，全长605公里，为开发塔里木油田而建。塔里木盆地中面积达32万多平方公里的塔克拉玛干沙漠，多流动沙丘，是我国面积最大最干燥的沙漠。通过沙漠区域建造公路，其工程之艰巨，固沙护路之困难，可想而知。路两旁之胡杨、红柳，均为固沙护路而植。

歌石河子音乐喷泉广场

声振喷泉泉振声，泉留万变乐章中。
广场响彻名歌曲，兴起休闲舞蹈风。

（一九九八年八月三日）

参观华凌集团感赋[①]

东联西出架金桥，盛世华凌信誉高。
经济腾飞皆若此，富强祖国在今朝。

（一九九八年八月十五日）

【注】

① 华凌集团位于乌鲁木齐市区，是中国最大的以建筑装饰材料为主的综合批发市场，也是新疆规模最大，实力最强，效益最好的私营企业。华凌集团拥有13个经济实体，总资产已超过十亿，集团总经理米恩华，本是个中等文化程度的年轻人，但他坚毅、执著，经十年辛勤经营，靠双手和智慧创造出如此奇迹。

军垦颂

地窝居自苦，屯垦盖春秋。
半纪三奉献[①]，荒沙变绿洲。

（一九九八年八月二十二日）

【注】

① 三奉献，指兵团战士“献了青春献终身，献了终身献子孙”。

忆江南·咏澳门回归

回归日，大地满春晖。从此中华皆净土，殖民妖雾一风吹，宝岛更腾飞。

记民秋宾馆开业盛典[①]

开业民秋鞭炮喧，葫芦岛上聚芳贤。
随潮隐现天桥路，乘兴来登笔架山。[②]
远近相知游客广，公私双茂市场欢。
无烟工业多烟火，海鸟群飞渤海湾。

（一九九八年七月十四日）

【注】

① 民秋宾馆新建于辽宁省葫芦岛市。民秋宾馆投资以千万计，为发展葫芦岛市旅游业创造了新的条件。

② 笔架山位于锦州侧畔之渤海湾中，以形似笔架而得名。笔架山与海岸间有狭窄的沙石路相连，随海潮之涨落而定时隐现，人称“天桥路”“锦州八景”之一。

港澳回归感赋

紫荆开后又莲花，宝岛回归四海夸。
一国原能行两制，台澎莫再隔天涯。

（一九九八年十二月二十六日）

欢庆澳门回归

殖民终有尽，喜泪满心窝。
万里莲香远，炎黄四海歌。

（一九九九年十二月十一日）

咏府南河治理工程[①]

污治淤除水变清，秋深沿岸是春风。
为民除害民欢畅，盛赞蓉城政绩丰。

（一九九九年十月十九日）

【注】

① 府南河即府河与南河，又称锦江，横贯成都市区并两相汇合。两河污染严重。成都市政府决心治理。投资数亿，两岸居民搬迁达50万。河终于由浊变清，联合国给予表扬。

新世纪偶吟

新世纪中科技先，神奇电脑是尖端。
一朝电脑代人脑，世界文明高万千。

（二〇〇〇年一月七日）

参观水利工程诗草

2000 年 4 月 22 日至 30 日，参加全国政协视察团来广东，看珠江三角洲水利工程。沿途每有所感，以小诗记之。

治水谣

水既载舟能覆舟，江河利弊在人谋。
运筹科技无穷力，驯服苍龙百害休。

（二〇〇〇年四月二十二日）

顺德用科技防洪

首凭信息战洪峰，电脑先知水患情。
杜渐防微勤治理，年年可望好收成。

（二〇〇〇年四月二十三日）

小榄镇江堤工程

两江交汇江水平，堤岸如茵草色青。
座座闸门宽且壮，株株棕树秀而雄。

（二〇〇〇年四月）

新兴县洴表水库

库容虽小库功高，发电防洪供水浇。
灌溉农田千万亩，富民着实是高招。

（二〇〇〇年四月）

天一阁

藏书万卷古书城，学子莘莘成国英。
当代书城深且广，人才四化要双赢。

（二〇〇〇年五月十八日）

东营印象

万顷荒原出石油，槐荫夹道富民洲。
黄河入海长堤外，机械抽油尽磕头。

（二〇〇〇年十一月七日）

家乡巨变

（一）

气势恢弘是乐陵，盘河清景贯城中。
雄碑似箭冲霄汉，昭示开新世纪功。

（二）

顿顿馒头蛋菜香，远离糠菜半年粮。
家家电视家家乐，公路平铺达四方。

（二〇〇〇年十一月五日）

寄语两会

一年之计在于春，新纪应须梦想深。
美妙蓝图源两会，群贤谋略胜天神。

（二〇〇一年三月十二日）

入世感赋

（一）

中华经济若飞舟，冲出国门搏巨流。
举世欢呼新客至，全球贸易利全球。

（二）

闭关锁国是贫源，屈辱百年血泪斑。
开放图强生羽翼，雄飞远志上高天。

（三）

地球村是一盘棋，村外观棋心路迷。
入世经营机遇广，运筹精妙出神奇。

（四）

竞争场上有兴亡，压力翻能弱变强。
兴利多赢兼去弊，神州风貌自堂堂。

（二〇〇一年五月二十七日）

观北京“锦绣大地”高科技农业

无土栽培育幼苗，暖棚基质绿枝高。
全凭养液收蔬果，腾出粮田变富豪。

（二〇〇一年五月九日）

观合肥经济技术开发区①

开发力无穷，荒原立志宏。
引来金翅鸟②，平地起新城。

（二〇〇一年五月二十七日）

【注】

① 合肥经济技术开发区位于肥西区，原是一片岗地，引来大中型企业30多家，收益可观。

② 金翅鸟，乃古印度传说中之大鸟，飞大海中。

欢庆申奥成功

北京声誉五洲扬，申奥成功欢庆狂。
礼义之邦尊礼仪，神州奥运两辉煌。

（二〇〇一年七月十三日）

纪念建党八十周年

（一）

星火燎原盛世兴，中华崛起气如虹。
无边广厦连霄汉，蛇岁喜登新纪程。

（二）

人生衣食向求丰，奴隶翻身情理中。
搬掉三山开锁链，神州响彻东方红。

（三）

深圳尊雕邓小平，长怀荒野起新城。
倡行改革添双翼，华夏腾飞举世惊。

（四）

临危受命志凌云，智勇忠贞为万民。
壮美蓝图标远景，迎来四化入桃林。

（二〇〇一年七月一日）

大庆颂歌

（一）

大庆石油喷地宫，四光高论见真诚[①]。
中华一改缺油史，举国欢呼庆振兴。

（二）

铁人素质是英雄[②]，藐视艰难志向宏。
万众同心凝血汗，荒原崛起石油城。

（三）

万能科技出高筹，产品精良入世优[③]。
纵至油源枯竭日，繁荣依旧续丰收。

（四）

初建曾来今又来，草房不见尽楼台。
磕头机密如林海，乐极诗翁笑口开。

（二〇〇一年七月七日）

【注】

① 四光高论指中国地质学家李四光的陆相生油理论，大庆油田证实其理论之正确、伟大。

② 铁人即大庆著名劳动模范王进喜。

③ 指依靠高科技开发多种石油化工产品，具有国际市场竞争力；中国参加关贸总协定后，其产品更易于走向世界，被称为“替代工业”。

参观华西村即兴[①]

巍巍金塔入云霄，俯视华西分外娇。
世外桃源今得见，大同胜境在明朝。

（二〇〇一年十月七日）

【注】

① 江苏省江阴市之华西村，靠工农并举，迅速脱贫致富，人均年收入三、四十万，户住宅400多平方米，被誉为中华第一村。

龙马精神

龙腾新纪绽奇葩，马到成功不自夸。
精感石开欣入世，神州争作大赢家。

（二〇〇一年十二月八日）

珠江三角洲印象

楼群处处若仙都，高速飞车公路殊。
美食丰衣山水绿，城乡界限渐模糊。

（二〇〇〇年四月二十七日）

赞三峡工程

施工科学显神通，大坝雄姿见雏形。
发电通航防水患，功成之日奏奇功。

（二〇〇二年五月十七日）

中山舰

出水中山舰，英姿傲九天。
继承先烈志，两岸要团圆。

（二〇〇二年五月二十日）

颂小康

欢庆民生得小康，远离糠菜半年粮。
高歌更上新征路，到得桃源福寿长。

（二〇〇二年十二月十三日）

神州遗珍喜回归

佛头复位两相亲，国宝重光耀古今。
亿万炎黄齐效力，中华艺苑世无伦。

（二〇〇三年六月九日）

【附记】

美籍华人陈哲敬先生将收藏之多件中国古佛雕运抵北京展出，并意欲留存中国。其中有龙门古阳洞高树龛佛头，北宋木雕观音半身坐像等。余经鉴赏，深受感动，遂成此吟。

漫游港澳三绝句

飞香港途中

高空晚照丽云山，此去香江心境宽。
毕竟回归增抗力，紫荆耐暴自明鲜。

香港印象

天半飞车似箭驰，群楼竟与白云齐。
全球贸易争雄地，厕所全金比梦奇。

澳门一瞥

碧海蓝天娱乐城，繁华博彩五洲名。
回归喜见添新景，滚滚人流向北京。

（二〇〇二年六月二十四日至二十八日）

【附记】

“相约香港”中国当代文学艺术访问团于2002年6月24日至28日去香港访问，并游览澳门。我被聘为访问团顾问，故有此游。

战疫魔

（一）

只缘非典害人生，奋起抗击动刀兵。
天道恶行须恶报，纸船送汝上锅烹。

（二）

勇斗疫魔气概雄，白衣战士建殊功。
舍生救死诚堪敬，举世啧啧赞美声。

（三）

旧时瘟疫大流行，田野荒芜尸骨横。
科技今能医百病，消除灾害保康宁。

（四）

公仆身先战火中，红旗猎猎镇妖风。
炎黄共振青云志，高奏凯歌响太空。

（二〇〇三年五月六日）

庆飞天

神州五号首次载人成功发射时，我曾以《庆飞天》为题，吟成三首七绝。今神舟六号再次载双人成功发射，我遂以《庆飞天续篇》为题，吟成了五首七绝。现将这八首一并抄录如下：

（一）

飞船似箭入苍穹，华夏精英天外行。
登月可期非梦幻，嫦娥狂喜广寒宫。

（二）

体健心雄走太空，展旗寄语俱从容。
成功初试志高远，此是宇航第一程。

（三）

弹星之后又飞天，科技神奇国力先。
开发太空天下利，欢呼声浪满人间。

（二〇〇二年十月十六日）

（四）

太空浩瀚少人烟，双将称雄飞上天。
相信回归能再见，安危仍系万心间。

（五）

结伴遨游昼夜旋，身心舒适睡眠甜。
遥隔天地频通话，天外原来人胜仙。

（六）

启航不易返尤难，设计精明设备全。
欢庆凯旋双将至，中华崛起世人前。

（七）

鞭鸣旗舞众狂欢，四海炎黄豪语喧：
勿愧前贤千古梦，探明宇宙不息肩。

（八）

宇航堪贺数三强，万里征程新路长。
人类康宁唯所愿，和平永做痴情郎。

（二〇〇五年十月十七日）

咏青藏铁路

（一）

世界屋脊飞铁龙，人间天路史称雄[①]。
从来人定胜天律，尽在求新苦战中。

（二）

高新科技解千愁，唐古拉山低了头[②]。
建筑奇迹留万古[③]，长城含笑认同俦。

（三）

万里悠悠两日程，观光致富喜双赢。
文成公主泉台赞[④]，商旅狂欢备远行。

（二〇〇六年七月七日）

【注】

① 青藏铁路从格尔木到拉萨段，全长一千一百多公里，大都在海拔 4000 米以上的高原行进，被称为“天路”。

② 唐古拉山海拔 5072 米。

③ 据云：从人造卫星看地球，在中国疆域内，只可见到万里长城；今后，可能增见另一新的建筑—青藏铁路。

④ 据《辞海》记载：唐宗室女文成公主在贞观十五年（公元 641 年），嫁吐蕃松赞干布，通过和亲，促进了汉藏两族的文化交流和双方的亲密关系。

迎奥运

北京守信不张扬，盛世将临格外忙。
来日旗开万国目，奖牌友谊共天长。

（二〇〇六年三月十日）

【注】
应2006北京奥林匹克文化节（青岛）书法展之约而作。

咏奥运圣石

天赐地宫奇宝藏，宛然中国印重光。
白鸽欣奉和平愿，相伴健儿是女郎。

（二〇〇六年五月一日）

【附记】

所谓奥运圣石，即一块玛瑙奇石，其图形一如“中国印”，“和平鸽”，“裸体圣女”。据云系新疆出土。所有者拟献给2008年奥运会，嘱我配诗。却之不恭，偶吟如上。

抒怀篇

干校自制台灯之歌

枯木夺天工，战士夜秉灯，
弄通真马列，好辨奸与忠。

（一九七一年春于宁夏中宣部干校）

春日感怀

老骥贵伏枥，壮怀傲古雄。
无暇搔白首，朝夕备远征。

（一九七一年三月）

国庆抒怀

醒狮终教换新天，旗海人潮金水边。
既白东方岂再暗，未平世界总兴澜。
九洲乐奏高天外，四化图呈万众前。
战士持戈尤抖擞，丹心奋进向桃源。

（一九七一年国庆节于宁夏干校）

五十二诞辰感怀

今夕为余五十二诞辰，老妻备美酒佳肴，阖家欢宴。席间，浅酌低吟，得诗两首，录以永志：

（一）

同饮益寿酒，共祝国运祥。
父辈开新路，子孙继世长。

（二）

征程红花多，更见家小喜。
三杯酒下肚，朦胧幸福里。

（一九七三年三月十四日）

无 题

家父伟人同病逝[①]，党心孝道两摧折。
欲哭忽忆肩犹重，飞步挺戟未敢歇。

（一九七六年九月十六日）

【注】

① 毛主席逝世与家父逝世只一天之差。

无 题

波涛汹涌无定时，须忌行船见事迟。
笑问激流勇退者，避风港里可长栖？

（一九七八年四月二十四日）

春节笔会偶吟

群贤雅聚铸文明，翰墨同挥无限情。
人寿年丰春景好，神州浩荡正飞腾。

（一九八一年新春）

观中国青年报读者日有感

编读往来渠道开，社情民意与俱来。
一经大地拥安泰，绝胜关门好独裁。

（一九八四年四月二十二日）

遵义颂

伟哉遵义战旗红，砥柱中流得俊雄。
从此征程仰北斗，赢来华夏换新容。

（一九八四年十月）

娄山关

娄山虽道是雄关，莫若神策高九天。
一战大捷敌丧胆，征程万里开新篇。

（一九八四年十月）

无 题

百姓喜得风雨调，当官最患是非淆。
浩劫幸可师来日，早入桃源乐渔樵。

（一九八五年四月二十日）

观婺剧《海瑞罢官》

永世贵精神，伟哉海瑞魂。
家乡人重义，歌彻首都云。

（一九八五年七月六日）

一分光热十分能

参观长春卷烟厂有感

精神物质共文明，必得人间重友情。
人被当成人看待，一分光热十分能。

（一九八五年七月二十六日）

六十四岁生日有作

徒自风霜六四秋，征途坎坷志难酬。
膝前子女尚安分，惟望鹏程效九州。

（一九八六年三月十四日）

咏香港当代中国画展与研讨会

1986 年 5 月 9 日至 14 日，在香港举行了当代中国绘画展览及水墨画研讨会。参加者有中国大陆、台湾、港澳及海外之中国画画家及其作品、论文。中国书画家有启功、黄胄、华君武、关山月、黎雄才、谢稚柳、吴冠中、黄苗子等。余为中国画家代表团领队，大饱眼福，获益殊深。

当代画师四海来，待归星岛墨花开。
合作山月复论艺，畅叙友情共举杯。

（一九八六年五月）

鲁锦颂

余乃山东省乐陵县人。1986 年 8 月间，观山东在京之鲁锦与现代生活展览，思及幼年慈母夜织情景，顿生昔非今比之感，吟得此诗。

慈母苦辛忆旧时，忍饥织布换盐资。
如今鲁锦多春意，人可任添百卉姿。

（一九八六年八月二十日）

织女曲

机杼声声远岁寒，新天云锦百花妍。
遥怜寂寞银河女，暮暮朝朝望人寰。

（一九八七年二月八日）

六十六岁生日作

革命忽忽五十秋，甘来苦尽已白头。
余生尚谙征途远，半退犹当一老牛。

（一九八八年三月十三日）

参观陶渊明纪念馆感赋

吾爱陶渊明，高洁似碧泉。
愤辞五斗米，归里务园田。
五柳读书卷，柴桑育诗贤。
一生好饮酒，醉卧石头眠。
诗是田园祖，志同匡庐坚。
东林拒莲社，笑步虎溪前。
手种东篱菊，心构大同篇。
吾观此馆毕，胸臆亦陶然。
今日旅游业，应推文化先。
文明新世界，莫只钱钱钱。

（一九八六年七月）

为《北京新生报》创刊题词

悔过方能自新，智者莫蹈覆辙。
母亲不弃儿女，做人应效人杰。

（一九八七年二月九日）

观某君书法展览

力抵千钧意气雄，路宽笔劲美而丰。
祝君奋力开新局，莫效东施弃素功。

（一九八七年八月十一日）

题岳麓书院①

神州自古重英才，学子莘莘书院来。
四化于今书似海，惟读与做知之阶。

（一九八七年十月十六日）

【注】

① 岳麓书院，为宋代四大书院之一。南宋理学家张栻、朱熹在此讲学，从学者千余人。自 1925 年起改为湖南大学，仍保留书院遗迹。

为阎梓昭书法展览题句[①]

书坛喜添新秀，创新必当弃旧。
旧酿自有香醪，弃旧还须惜旧。
惜旧并非泥古，意在承前启后。

（一九八八年六月十二日）

【注】
① 阎梓昭是安徽萧县人，萧县博物馆副馆长。

新闻发布会[①]

济济一堂无冕王，争先提问探短长。
从容答对成竹在，喜教中华义理扬。

（一九八八年十一月二十三日）

【注】
① 余受委托作为全国政协新闻发言人于1988年3月23日午在人民大会堂二楼东大厅举行此会。

河洛吟[①]

书契洛书耀太初[②]，悠悠华夏文明殊。
如今若落时潮后，还望灵龟复出乎[③]？

（一九八八年十一月二十三日）

【注】

① “河图”“洛书”是中国文化的源泉，史称河洛文化，它标志着五六千年前中国先民心灵思维的最高成就。

② 书契，指仓颉创造的文字。仓颉，也作苍頡，传说是黄帝的史官，（亦有仓颉曾称帝之说），汉字的创造者。太初，即太古。

③ 《河图玉版》云：“仓颉为帝南巡，登阳虚之山，临于玄沪洛汭之水，灵龟负书以授之，”亦“见鸟兽蹄远之迹，知文理之可相别异也，初造书契。”乃有中华文明之史。

西柏坡感怀[①]

运筹三战柏坡村，决胜渡江国运新。
糖弹警钟鸣不已[②]，反思自律葆青春。

（一九八九年九月十四日）

【注】

① 西柏坡在河北平山县境内，1948～1949年中共中央所在地。中共中央和毛主席指挥三大战役在此，开党的七届二中全会在此。

② 毛主席在七届二中全会报告中指出：“可能有这样一些共产党人，……经不起人们用糖衣裹着的炮弹的攻击，他们在糖弹面前要打败仗。我们必须预防这种情况。”

题隆兴寺[1]

隆兴古寺喜逢春，开放旅游气象新。
座地法轮经义广，凌空神女福音频。
恶行难避佛千目，真谛可舒人万身。
极乐天堂诚美梦，本源劳动必遵循。

（一九八九年九月十五日）

【注】

① 隆兴寺在河北正定城内，创建于隋开皇六年（公元586年），是中国现存时代最早，规模最大、保存较完整的佛教寺院之一，今已开放旅游。

看“八一”南昌起义纪念馆有感

可贵第一枪，从兹有武装。
民心是根本，枪杆定兴亡。
长征路坎坷，决胜换新邦。
邦国今朝固，依然靠人枪。

（一九九〇年十月三十日）

辛未春日抒怀

春风阵阵动诗情，因忆神州枯与荣。
战火几经天地变，桃源初见鬼神惊。
病夫耻涤心长聚，温饱型珍道益明。
更喜小康成近景，大同旗赤共高擎。

（一九九一年二月七日）

无　题

茫茫碧海荡心波，三载吟坛苦乐多。
今日双肩担道义，登峰未卜愿如何。

（一九九〇年六月二十九日）

计划生育之歌

万类生态务守衡，人须计划重优生。
衣丰食足身方健，民富兵强国始荣。
盲目添丁愁苦累，明人节育乐甜宁。
每思家国兴衰史，人口失调教训明。

（一九九一年七月十五日）

观树抱塔有感

菩提高树性狂颠，佛塔抱膝分外严。
此等相亲互挂碍，何如礼让共松宽。

（一九九一年六月九日）

乐陵三咏

（一）

始自汉初曰乐陵[①]，人才济济物华灵。
曾经烽火终安泰[②]，无际枣林播远名[③]。

（二）

晚秋枣树彤彤红，无核金丝贡品雄。
开发富民前景好，金光大道乐融融。

（三）

终生难忘幼时恩，冀鲁风霜赤子心。
年暮频来乡土梦，枣芽时节种棉春。

（一九八八年十二月十四日）

【注】

① 乐陵，汉初（汉高帝五年，即公元202年）置县，属平原郡。今已改市，属山东省德州地区。

② 抗日战争期间，乐陵县是冀鲁边区抗日根据地的中心。

③ 指乐陵著名特产金丝小枣。此枣为昔时贡品，现经开发，已打开国际销路。

悼李维科烈士

李维科，沧县小集镇人。抗日战争期间的地下党员，镇农救会主任。立场坚定，功绩突出，因此，遭到敌人暗算，借刀杀人，含冤而死。我是李维科同志遇害当时的县委书记，但受环境所限，一时难以弄清案情。建国之后，我帮助其家属，推动当地政府经过认真调查，终于弄清了事实真相，为李维科同志平反昭雪，追认为烈士，抚今忆昔，感慨万端，吟成七律，聊寄哀思。

津南烽火育雄鹰，心向大同反霸行。
正义常招邪恶怨，忠良反教佞奸凌。
从来冤狱缘诬枉，今日清平赖圣明。
四纪奇冤终昭雪，芳名千古慰英灵。

（一九八九年十月二十七日）

晤远别老战友何秀山同志[①]

别经半纪鬓皆霜，战友重逢夜语长。
共叙青纱擒日伪，同夸红嫂护忠良。
吃糠只为苏民困，游击确能制敌狂。
蓄力反攻如卷席，教人永忆气轩昂。

（一九九〇年七月十日）

【注】

① 何秀山同志抗战期间曾任中共沧县区委书记，建国后长期在淄博地区工作。今已病故。

西湖偶吟

西湖荷美夏风斜，香入功高战友家。
忆及征程多血泪，和平信是最珍花。

（一九九二年五月一日）

观京剧《秦香莲》

（一）

醉心利禄保高官，情义尽抛狼虎残。
当斩终招铡是问，香莲冤吐仗忠贤。

（二）

受冤何止一香莲，官不护官官亦难。
一个包公实太少，铡刀更得百十千。

（三）

专制清廉不两全，云消方可有青天。
如今云散青天下，包戏为何掌若澜。

（一九九〇年十月十七日）

与青年朋友共勉

学无止境路无平，立业先须立志宏。
切记兔龟争胜训，中途勿懈力前行。

（一九九一年五月八日）

题赠《黄山日报》

新安江畔角声频，报导黄山日日新。
要在旅游开发好，黄山自可变黄金。

（一九九二年七月二十八日）

小康奔向大康门

为欢庆中共十五大而作

镰斧旗高十五轮，小康奔向大康门。
欣攀跨纪长征路，四海同歌引路人。
小康奔向大康门，挖尽穷根栽富根。
四化江山无限美，桃源梦境艳阳春。
欣攀跨纪长征路，不怕虎狼兼雨雾。
百载辛劳重凯旋，千秋功业休停步。
四海同歌引路人，小平理论是灵魂。
畅行大海知航向，星斗满天拱北辰。

（一九九二年九月十二日）

沪展偶吟

诗为骨肉字衣裳，翰墨情深韵自香。
书内功兼书外得，二王门下效苏黄。

（一九九二年十二月二十一日）

七十一岁生日感赋

1993 年 3 月 14 日，是我七十一周岁生日，恰逢全国政协八届一次全会开幕。会议在京丰宾馆安排委员会餐时，特为我准备一桌酒席，表示祝贺。我深为感动，即兴口占一首七绝：

征途苦乐忆多多，今夕生辰伴凯歌。
两会招来天下客，腾飞胜景荡心波。

（一九九三年三月十四日）

茶文化

贺深圳中国茶文化研究会成立

茶史悠悠茶道昌，名扬四海溢奇香。
曾凭丝路财源茂，更赖茗浆人寿康。
闲摆龙门神气爽，广交宾客友情长。
同心共振茶文化，浅唱高吟走笔狂。

（一九九三年七月五日）

与孙瑛合吟[①]

名利即魔鬼，贪心导罪行。
品行高尚者，万事皆为公。

（一九九三年九月二十八日）

【注】

① 孙瑛，全国政协委员，著名国画家。

民主参政之歌

为政协成立 45 周年而作

言之无罪闻堪戒，民意通天天地泰。
反腐倡廉万世功，丹心参政莫松懈。

（一九九四年二月二十日）

铁 道 吟

客货双通国运丰，纵横驰骋若飞龙。
问君欲往何方去？暮暮朝朝向大同。

（一九九五年二月五日）

读方志敏《可爱的中国》

三山推倒五星红，奋夺小康向大同。
反腐倡廉须永记，清贫自律是高风。

（一九九五年七月十九日）

乙亥年闰八月中秋感赋

华夏中秋月最明，亥年双度倍亲情。
遥知海峡那边月，忍照归心入梦程。

（一九九五年十月九日）

旅顺口感赋

白玉塔前观海疆，双山对峙港深藏。
殖民故垒国人泪，誓固金汤弱变强。

（一九九六年七月一日）

读《暴方子事迹题咏集》有感

暴方子，河南滑县人，晚清下层封建官吏。然其清正廉洁，勤政爱民，深得人心，博得众多文人名家的题咏和颂扬。滑县政府决定出版《暴方子事迹题咏集》，约余题字，写书名。余读暴方子事迹，深为所感，且与今日之反腐倡廉相联系，成得此吟。

官吏害民民必仇，爱民惜力是高筹。
须知官会逼民反，水可载舟还覆舟。

（一九九七年二月二十一日）

读李商隐《乐游原》得句

夕阳诚是好，更好在明晨；
天海霞光满，东方出火轮[①]。

（一九九八年六月十九日晨）

【注】

① 火轮即太阳。唐韩愈《桃泾图》诗:“夜半金鸡啁啾鸣，火轮飞出客心惊”。

参观管鲍祠有感

先贤管子智多星，襄助齐桓霸业成。
可叹祠堂荒且陋，文明湖畔欠文明。

（一九九八年十二月十五日）

游泳乐

天上白云随我走，浪花相伴水中泅。
人生能有许多乐，最乐悠然是畅游。

（二〇〇〇年九月二十八日）

谒纪晓岚墓

（一）

萋萋荒草野林中，不见人踪路不通。
扬骨文豪悲地下，残碑犹自傲秋风。

（二）

总编《四库》显奇才，绝调《阅微》共《聊斋》。
开发旅游光盛世，此贤宜早列尧台。

（二〇〇〇年十月二十日）

赞碑林

丹青翰墨上碑林，远胜明珠暗室存。
鉴赏临摹千万代，广添雅兴启人文。

（二〇〇一年三月十五日）

汤山温泉洗浴

革命功成果实丰，蒋家泉水解脂凝。
一朝百姓皆如此，共产旗飘万里红。

（二〇〇一年五月二十一日）

偶吟

遍地彩陶遍地金，满怀金碗乞求人。
何时金碗能金报，保用双赢富万民。

（二〇〇一年八月四日）

八十抒怀

战地烟尘洗礼丰，京华图报愧微功。
忧时万念心难老，年暮犹思效马翁。

（二〇〇二年春节）

游蒲圻古战场

名文赤壁赖东坡，此地风光枉自多。
何不征新赤壁赋，大江东去两高歌。

（二〇〇二年五月十三日）

赞收藏

（一）

搜罗碎锦供收藏，踏破铁鞋昼夜忙。
眼界时开多雅趣，丰收兼可著华章。

（二）

《收藏》十万满神州[①]，精论新知不胜收。
益友良师相伴久，堪能辨伪得真优。

（三）

悠悠华夏富遗存，端赖收藏传至今。
集腋成裘青史丽，弘扬文物育新人。

（二〇〇〇年九月八日于西安）

【注】

① 《收藏》乃西安出版之著名期刊。

吟坛篇

读龚自珍诗碑得句①

风雷骏马共鸣时，始改齐喑旧日姿。
生气植根民主化，变通则久万年基。

（二〇〇一年三月二十日）

【注】

① 龚自珍(1792－1841)，号定盦，工诗文。其杂诗之一："九州生气恃风雷，万马齐喑究可哀。我劝天公重抖擞，不拘一格降人才。""穷则变，变则通，通则久"是周易名句。

八十五周岁生日偶吟

2007 年 3 月 14 日是我 85 周岁生日，全国政协机关及中华诗词学会分别设宴祝贺宴请我及家人。我十分感动，吟诗作谢。

（一）

今朝国富世称豪，民主协商新论高。
图报知恩忙奉献，晚晴犹自乐陶陶。

（二〇〇七年三月十一日）

（二）

吟坛重振二十年，热浪初成旗尚鲜。
师友才高兼志远，走出低谷是蓝天。

（二〇〇七年三月十四日）

悼钱昌照会长[①]

志远神清诗意雄，终生爱国唱春风。
人间自有桃源句，最可发人觅其踪[②]。

（一九八八年十月十九日）

【注】

① 钱昌照，江苏常熟人，1899 年生。政协全国委员会副主席，中国国民党革命委员会中央副主席，中华诗词学会会长。1988 年 10 月 14 日逝于北京。

② 钱昌照七言绝句《肥城桃源公社》：“建站迎流众一心，山区得水易成林。人间自有桃源在，莫学渔翁世外寻”。

谒屈子祠

泽渚如鳞傍汨罗，悠悠楚水载愁多。
屈原忧愤投江处，祠堂永伴万民歌。

（一九九三年十一月二十九日）

读《陈毅诗稿》

运筹马上且吟诗，儒将风仪壮丽辞。
梅岭三章忠义至，阎罗从此怕旌旗[①]。

（一九九一年十二月二十七日）

【注】

①《梅岭三章》系陈毅之著名诗作。《梅岭三章》之一云：“断头今日意如何？创业艰难百战多。此去泉台招旧部，旌旗十万斩阎罗”。

悼臧克家

诗坛今日殒高星，举国悲声间赞声：
死活全由人品定，一诗哲理万心倾[①]。

【注】

① 臧克家著名诗句：“有的人活着，他已经死了；有的人死了，他还活着。”

哭周一萍[①]

戎装方卸上吟坛，低咏高歌总向前。
举国诗魂大振日，恸君尽瘁裂心肝。

（一九九〇年三月二十七日）

【注】

① 周一萍，中华诗词学会创始人之一，常务副会长。原国防工委副主任。

悼杨植霖[1]

骚坛初振折栋梁，老成凋谢倍神伤。
赢来诗国重兴日，广集吟笺谱祭章。

（一九九二年九月二十五日）

【注】

① 杨植霖，中华诗词学会常务副会长，老共产党员，曾任中共甘肃、青海省委书记。1992年9月10日病逝于甘肃兰州。

祝贺张报老九十大寿[1]

燕山脚下一诗翁，情系五洲歌尚雄。
野草家花俱所爱，寿臻耄耋倍心红。

（一九九二年十一月二十三日）

【注】

① 张报同志是老共产党员，著名国际主义战士，中华诗词协会副会长，野草诗社创始人。

悼张报老

国际风云一劲松，吟坛耄耋建殊功。
道高德劭诗千首，野草青青满域中。

（一九九六年一月二十日）

【附记】
张报老于1月17日不幸辞世，终年93岁。

读《马凯诗词存稿》得句

古风排律善兼行，九九箴言万世功。
欲纵才情宜解禁，吟坛贵在创新风。

（二〇〇六年五月五日）

杜甫草堂

神州诗圣写民忧，诗意浣花溪最稠。
今日吟坛宜大振，高歌伟业万千秋。

龙潭湖诗会

龙吟阁上振诗魂，吟罢山河吟众民。
天地为笺心作笔，千情百韵入青云。

（一九八七年四月四日）

祝中华诗词学会成立

漫漫汨罗诗意多，屈原魂系九州歌。
如今诗苑逢甘露，地北天南满咏哦。

（一九八七年五月二十一日端午节）

祝贺北京诗词学会成立

春到燕山柳色青，骚人雅集尚新声。
至今犹忆天安祭，花海诗魂在振兴。

（一九八八年二月二十一日）

全国第五届当代诗词研讨会即兴①

雁城秋爽众芳来②，宏论清歌共一台。
争得吟旗高举日，美哉华夏遍诗才。

（一九九二年九月十六日）

【注】
① 此会 1992 年 8 月 16—19 日在衡阳召开。
② 衡阳又称雁城。

中华诗词大赛清远终评即兴

诗赛花从此地开，丰收时节喜重来。
公心慧眼同精鉴，授奖台前赏俊才。

（一九九二年十月二十二日于广东清远）

祝贺中华禅诗研究会成立

佛门甘露润心神，寺院香溪涤垢尘。
禅乐悠扬禅韵美，嵩山脚下荡诗魂。

（一九九三年五月二十九日）

痛悼诗友张毓昆[①]

一生革命半生哀，奋举吟旗献未来。
病重犹思兴事业，诗魂抱憾入泉台。

（一九九三年九月十九日）

【注】

① 张毓昆，福建南平人。当代著名诗人，福建武荣诗社社长。曾被错定为“右派”，半生坎坷。平反后出任南平县长，政绩卓著。晚年矢志于诗词事业，颇多贡献。

为张毓昆诗文集出版而作

京华夜语念情真，同举吟旗共革新。
诗苑今朝花树茂，泉台聊可慰君魂。

（一九九五年九月四日）

南湖宾馆眺望[①]

云山互绕半蓝天，影入秋湖荡碧涟。
南郑吟坛春意闹，诗情缕缕著新篇。

【注】

① 1993年10月11日—13日，中华诗词学会与汉中地区行署及南郑县府在南郑县南湖宾馆举行毛泽东诗词研讨会与陆游诗词研讨会。国内及海外诗人计百余人聚会于此。

糊涂楼雅集即兴

天外来诗客[①]，城东入酒家。
吟坛欣雅集，艺苑绽奇葩。
壮志兴华夏，高歌赞彩霞。
五洲同庆日，诗酒遍开花。

（一九九四年一月十四日）

【注】

① 天外来诗客指加拿大籍华裔著名诗人叶嘉莹教授。

咏龙虎山诗会

龙虎山头吟帜挥，骚人四海竞来归。
流泉韵美丹崖丽，情溢鹰潭歌远飞。

（一九九四年四月三日）

欢庆《中华诗词》创刊

猎猎吟旗升碧天，泉台李杜亦欣然。
旧瓶自可装新酒，今事何须倡古言？
断代艺坛悲过左，中兴诗国赖群贤。
开来继往铭前训，歌满神州乐永年。

（一九九四年七月二十日）

宴请范光陵即兴

两岸吟旗一处飘，炎黄一统浪潮高。
京华杯酒兴宏愿，新古诗情友谊桥。

（一九九四年九月三十日）

【注】

① 范光陵，台湾诗人，中国新古诗会会长。

祝贺中国杜甫研究会成立

雄哉诗圣耀神州，忧国忧民韵律稠。
当代骚人宜奋起，高歌四化大康谋。

（一九九四年十月九日）

瞻仰杜甫雕像得句

（一）

低眉俯首费思量，战乱残民国受殃。
《三吏》忧心《三别》苦，秋风破屋枉神伤。

（二）

终见人间新纪开，忧思千载已舒怀。
风霜依旧民温饱，万里江山锦绣堆。

（一九九四年十一月二日）

咏全国第七届中华诗词研讨会

舜耕侧畔集群贤，诗路崎岖奋力攀。
毕竟山深瑰宝富，欣然满载放歌还。

（一九九四年十二月九日）

咏“李杜杯”诗词大赛

高树红花映碧天，诗情缕缕系芳贤。
题名金榜群英会，吟史长铭李杜年。

（一九九四年十二月二十五日）

咏“鹿鸣杯”中华诗词大赛

四海英才望鹿城，嗷嗷喜听鹿长鸣。
汉唐风韵今时事，金榜高悬任品评。

（一九九五年六月二十日温州）

广州即兴

木棉花树绽红云，南国吟坛忙煞人。
慧眼公心评俊秀，回归声里荡诗魂。

（一九九七年三月二十六日）

咏王国明[①]

伟哉侨外客，一岁一回归。
慷慨诗词助，醉心桃李培。
诗词情远播，吟唱韵高飞。
十载丰收果，诗村享巨碑。

（一九九五年八月二十四日南安）

【注】

① 王国明，祖籍福建南安，侨居印尼之爱国诗人。他连年返还家乡义务举办诗词培训班，成绩显著，贵峰村被授予诗村称号。

咏南安诗村

（一）

南安环抱四山中，吟诵声情满碧空。
今庆诗村碑石立，何年更见国碑丰？

（二）

悠悠诗国出诗村，传统诗词扎了根。
高唱低吟添干劲，红男绿女尽诗人。

（一九九五年八月二十五日）

全国第八届中华诗词研讨会

黄水滔滔天上来，荒滩万顷绿洲开。
金秋始别穷滋味，更上康庄夺富魁。

（一九九五年九月十三日）

咏昆明诗词研讨会①

春城吟苑喜飞花，骚客入云论语哗。
奋力开新时代路，悠悠诗国自无涯。

（一九九七年十月二十一日）

【注】

① 全国第十届中华诗词研讨会于 1997 年 10 月在昆明举行。

读《醉石斋诗稿》①

钟公足迹遍神州，高唱新天记畅游。
醉石斋诗多丽句，清醇若酒醉心头。

（一九九八年七月九日）

【注】

① 《醉石斋诗稿》著者钟家佐，为书法家、诗人，广西自治区诗词学会会长，中华诗词学会顾问，原广西自治区党委常委、秘书长，政协副主席。

为永兴开创诗县而作

诗国兴隆诗县昌，永兴立志变诗乡。
推行诗教功成日，素质增强民气张。

（二〇〇〇年三月四日于湖南永兴）

常德诗墙之歌

（一）

常德诗墙长又长，书碑诗史共琳琅。
露天一大博物馆，细读精研赛课堂。

（二）

常德诗墙长又长，旅游真个好风光。
五洲宾客争来此，工业无烟名利双。

（三）

常德诗墙长又长，工程宏伟艺精良。
文风高雅文思富，远胜江防并国防。

（二〇〇〇年三月七日）

常德诗墙赞

江坝公园美且长，休闲胜地铸辉煌：
碑廊精刻诗书画，思路遥接汉晋唐。
骚众齐吟情韵壮，演员独舞掌声狂。
沿堤城镇如争仿，万里长江诗万墙。

（二〇〇四年九月二十日）

庆祝“野草诗社”成立二十周年

春风吹细雨，野草日葱茏。
不负耕耘者，青青百卉中。

（二〇〇〇年六月二十六日）

咏杨叔子院士

民重精神国重魂，弘扬诗教育新人。
风流兼达文工理，吟帜高张学府门。

（一九九九年八月二十七日）

咏在深圳举行之第十三届中华诗词研讨会

深圳吟坛树大旗，群贤志远论思驰。
中华从此兴诗教，可望新人素质宜。

（二〇〇〇年九月二十六日于深圳）

以诗养诗之歌

诗词高雅万人崇，乞讨养诗叹智穷。
何不兼充金饭碗，双赢效益助繁荣。

（二〇〇一年五月二十一日）

咏合肥诗词研讨会

群贤四海合肥来，笔阵论坛次第开。
饱领名家精至论，诗词可望夺高魁。

（二〇〇一年五月二十六日）

中华诗词学会成立十五周年感赋

回归诗国振诗风，谷底走出渐茂荣。
欲令吟旗催盛世，还须万众共高擎。

（二〇〇二年四月七日）

祝世界华人李白诗歌奖大赛成功

李白斗酒诗百篇，豪迈风情代代传。
华人兴起诗歌赛，喜教寰球韵满天。

（二〇〇二年一月五日）

儋州中华诗词研讨会

国运既昌诗运昌，喜教百业扫诗盲。
旅游农业题材广，高筑论坛议短长。

（二〇〇一年十月）

【附记】

2001 年 10 月下旬，在海南省儋州市举行全国第十五届中华诗词研讨会，主题是农业、旅游业与诗词创作。

儋州诗海歌乡颂

（一）

边陲野岭脱蛮荒，全赖东坡文德长。
足食丰衣民气顺，遂成诗海与歌乡。

（二）

闪闪池波美调声，银喉响彻夜空中。
歌乡诗海非虚誉，似见坡翁笑意浓。

（二〇〇一年十月）

咏吴休诗词吟唱会

诗中有画画中诗，韵美声清入耳迷。
摩诘遗风今又现，神州艺苑古今奇。

（二〇〇二年十二月二十一日）

迎春诗会偶吟

回归诗国振诗风，漫舞吟旗作远征。
全面小康真盛世，桃源处处起歌声。

（二〇〇三年二月）

红豆情三咏

参加无锡七夕红豆相思节感赋

过 去

古树虬枝红豆生，痴心爱侣结山盟。
相思苦在难相见，天上人间一样情。

现 在

红豆爱心稠，相思遍五洲。
地球村日小，相见不须愁。

未 来

只缘红豆最相思，天下亲情共系之。
皆愿人生长聚首，成真梦想定能期。

（二〇〇二年八月十七日）

赞温州开创中华诗词城[1]

灵运遗风满鹿城[2]，楠溪雁荡以诗名[3]。
温州模式吟声振，水秀山清人自雄。

（二〇〇三年二月十六日）

【注】

① 温州为改革开放之先进城市，其经济发展神速，被誉为“温州模式”。谢灵运乃中国山水诗鼻祖，曾任永嘉太守，近现代著名诗人夏承焘、王季思等也出自温州地区。因此，温州市投资3000万元兴建谢灵运公园、中华诗词馆及三个分馆，形成中华诗词城之文化模式。

② 温州别称“鹿城”。

③ 楠溪江、雁荡山系温州辖区之山水名胜。

题赠《雏凤新声》

新人素质贵贤明，诗教花开万里红。
历代安邦皆重此，今朝应上最高峰。

（二〇〇三年六月二十日）

咏北戴河诗词研讨会[①]

秦皇岛畔聚英贤，精论诗开新纪元。
金海楼头观旭日，吟旗猎猎舞长天。

（二〇〇三年八月二十八日）

【注】

① 全国第十七届中华诗词研讨会在北戴河举行。会址：金海园宾馆。

咏中华诗词浏阳工作会议

浏阳河畔聚群贤，共议诗词新纪元。
泉下谭胡应笑慰，继承唐宋续新篇。

（二〇〇三年九月十四日）

【附记】

中华诗词学会于2003年9月在湖南浏阳市举行工作会议，主题是深化改革，与时俱进，开创社会主义时代诗词新纪元。谭、胡指浏阳人谭嗣同与胡耀邦。

观扬中诗教有感

扬子江中一绿洲，育人诗教诵声稠。
春风桃李花香艳，信可丰收万里秋。

（二〇〇三年十月八日）

滨州曲

黄河桥侧见滨城，高筑论坛映日红。
呼唤诗林多秀木，吟声起处沐春风。

（二〇〇五年）

兰亭吟

雪色鹅群池畔迎，竹林深处见兰亭。
琅琊年少才思妙，诗序笔精义理宏。
遥忆昔贤觞咏趣，近观高士壁碑情。
从来此地书风盛，乘兴挥毫气自雄。

（二〇〇四年四月九日）

题《当代诗人咏中州》

炎黄始祖出中州，黄水滔滔诗意稠。
古豫新天堪咏叹，五湖四海献吟喉。

（二〇〇四年八月二十六日）

偶吟

重振诗词业，端宜绝唱多。
何如须捻断，兼善苦吟哦。

（二〇〇五年一月十五日）

题赠日本吟道贺城流吟咏会

骚坛中日共歌吟，格律相通情益深。
社会和谐多远客，难得远客是知音。

（二〇〇五年六月十七日）

望奎偶歌

塞外诗乡天下闻，只缘诗系众官民。
边吟边上康庄道，绿野望奎人气新。

（二〇〇五年八月）

【附记】

黑龙江省望奎县，被中华诗词学会命名为诗词之乡。2005 年 8 月初，学会在此县召开创建诗词之乡与诗教先进单位经验交流会。有鉴于望奎乡之诗乡特点，吟此。

咏陈文增

农家子弟出奇人，瓷艺诗才集一身。
湮久定瓷今得续，欣由瓷魄结诗魂。

（二〇〇六年八月十五日）

谒贾公祠

诗贵吟哦费苦辛，字安韵美意精纯。
推敲知遇成佳话，贾岛精神万载新。

（二〇〇六年十一月八日）

题赠首届海峡诗词笔会

胞谊凝成中国心，骚坛吟友尽知音。
采风遥祝诗千首，装点和谐两岸春。

（二〇〇六年十一月八日）

贺《十三辙新声对韵》出版

旧瓶自可装新酒，今韵端宜效众贤。
说唱和谐前进曲，桃源深处共新天。

（二〇〇六年十二月）

颂毛公[①]

诗经得续赖毛公，一部典章今古聪。
继往开来歌盛世，悠悠诗国满春风。

（二〇〇七年三月三十一日）

【注】

① 《辞源》云：

“大毛公为鲁人毛亨，小毛公为赵人毛苌。”
“毛诗即诗经，以其书为毛公所传，故称毛诗。”
“毛诗晚出，独传至今，今称诗经，皆指毛诗。”

人物篇

谒马克思墓

开创新时代，悠悠万世长。
墓前花似雾，敬意满心房。

（一九八三年八月十日于英国伦敦）

孙中山铜像揭幕

1986 年 11 月 12 日，在中山公园参加孙中山先生铜像揭幕典礼，感而赋此。

（一）

赤幕轻开露伟姿，青天独倚远凝思。
醒狮一吼山河振，世界大同终可期。

（二）

黄花漫缀翠松中，巨像巍巍立碧空。
一代伟人昭日月，万民敬仰慕尊容。

（一九八六年十一月十二日）

纪念孙中山先生

封建如枷民倒悬，终招辛亥炮声喧。
雄怀敢教皇朝废，开创共和新纪元。

（一九八六年八月十日）

瞻仰孙中山故居

酸子树前敬意浓，三来九鞠慕高风。
中华强大如今日，首赖先生开创功。

（一九九一年五月二十四日）

哭毛主席

高天巨星陨，寰球万众哭。
不怕征途远，唯患旭日无。
旭日照千古，永能破妖雾。
我辈宜抖擞，拭泪起阔步。

（一九七六年九月）

忆毛泽东

北斗星高众志雄，神州奴隶出牢笼。
今朝欢续桃源梦，永忆伟人毛泽东。

（一九九八年二月八日）

红灯曲

纪念毛主席在延安文艺座谈会上的讲话发表五十周年

艺苑沉沉一巨雷，千年奴隶始扬眉。
英雄畅奏红灯曲，战士高歌白女辞。
猎猎旌旗堪引路，萧萧风雨贵长栖。
魂师有志耕耘苦，喜教百花开四时。

（一九九二年三月十五日）

怀念刘少奇

无情青史蕴深情，烟雾终难掩日明。
留得一篇修养在，神州千载仰英名。

（二〇〇〇年三月七日改旧作）

忆周总理

德广才高一世雄，狂澜力挽建殊功。
忧时万众天安祭，每岁清明倍忆翁。

（一九八五年十二月二十九日）

缅怀朱德元帅

（一）

林密山高忆太行，当年抗日帅旗扬。
人民子弟军威壮，战胜强敌弱变强。

（二）

兴师讨逆是英豪，拉朽摧枯功益高。
主帅英明君睿智，红旗万里碧空飘。

（二〇〇七年三月二十八日）

歌邓小平

义旗百色见雄心，铁马金戈百战身。
挽住狂澜精设计，神州万里艳阳春。

（一九九四年九月二十九日）

哭邓小平

邓小平追悼会中吟成

雨暴风狂一劲松，神州巨变奏奇功。
紫荆待赏公仙逝，四海同悲稀世雄。

（一九九七年二月二十五日）

瞻仰胡耀邦故居[1]

山村农舍育精英，百炼成钢铸俊雄。
公仆一朝成领袖，倡廉拒腐务康宁。

（二〇〇三年九月十五日）

【注】
① 胡耀邦故居位于湖南浏阳之中和镇苍坊村。

哭耀邦

我长期在胡耀邦同志领导下工作。耀邦同志不仅是我衷心敬爱的领导人，也是我感情深厚的老师和朋友。对于他的不幸病逝，我悲痛的心情难以言喻。谨赋此诗，以寄哀思。

（一）

中兴大业恸君亡，遗像灵前哭断肠。
德勋功高昭日月，云低雨冷共哀伤。

（二）

终生尽瘁为人民，漫漫征程步履新。
砥柱中流肩大任，中华喜得带头人。

（三）

慈母心肠防误伤，每来风雨费思量。
一朝拨乱清冤案，胆识超人昼夜忙。

（四）

图强发愤志凌云，开放革新捷报频。
锁国千年终大变，神州日日面容新。

（五）

两袖清风反腐败，一身正气尚清廉。
心胸坦荡无私愧，倡导振兴永向前。

（六）

甘冒炎凉并雨霜，为民决策调查忙。
千家万户团圆日，屡别亲人走僻乡。

（七）

精研马列涉群书，眼界开张智慧储。
善断全凭识见广，能文端赖才情殊。

（八）

勤于思考思无涯，思想火花闪异才。
妙语真知惊四座，开人茅塞畅胸怀。

（九）

功大位高犹一兵，坦诚交友重贤能。
忠言逆耳不结怨，民主谦和似长兄。

（十）

哭罢耀邦学耀邦，巨星陨落众星偿。
泪飞化作千钧力，凝向小康与大康。

（一九八九年四月十五日）

谒胡耀邦陵园

中共中央总书记胡耀邦同志于1989年病逝，其骨灰安葬于江西共青城鄱阳湖畔。1999年，我拜谒陵园时，为凭吊人流所感，吟成此诗。

壮丽旗碑松做墙，英姿含笑望鄱阳。
只缘领袖兼公仆，凭吊人流日日长。

（二〇〇四年十月二十九日）

赠邓大姐

大家风度德凌云，姐妹师尊同志亲。
长路新征交友广，寿臻耄耋犹增勋。

谒成吉思汗陵

一代英雄起大漠，亚欧大陆奏凯歌。
天骄今日不复在，依旧英灵伴山河。

（一九八二年八月）

瞻仰李时珍陵墓

踏遍千山尝百草，读熟万卷著华章。
吾侪学问欲精进，须效时珍耐雨霜。

（一九八一年十一月）

瞻仰陈潭秋故居

村楼陈策育英贤，星火燎原冲在前。
血沃边陲泽后世，留辉青史照人间。

（一九八一年十一月）

赠内蒙考古学家汪宇平

年过古稀犹抖擞，终生嗜古满山走。
大湾遗址立奇功，从此扬名青史久。

（一九八二年八月一日）

题杨子荣烈士纪念馆

深林智取座山雕，一代英雄万世标。
敬意虔留陵侧影，丹心怒扫国中妖。

（一九八二年八月）

林则徐铜像揭幕

幕开乐起炮声频，铜像雄姿映白云。
惊断狂人霸主梦，五星永立民族林。

（一九八五年九月一日）

歌杨令茀女士

慈母线牵游子衣，重洋异国犹咫尺。
欣闻家珍遂遗愿，英魂笑舞鬼神泣。

（一九八二年九月二十三日）

【附记】

杨令茀女士，美籍华人，民国期间，曾在故宫从事绘画临摹多年。四十年代开始，侨居美国，继续从事绘画临摹。她于 1978 年病逝，留有遗嘱：将其作品及所藏书画、文物全部捐献祖国。今遂其愿。

瞻仰贺龙铜像

菜刀首义起风烟，一世勋劳戎马间。
天子山头昂首立，忠魂凝目向人寰。

（一九八七年十月）

忆肖华[①]

忆昔将军来乐陵[②]，遍燃烽火筑干城。
军民征战同甘苦，冀鲁长留鱼水情。

（一九八五年八月二十三日）

【注】

① 原解放军总政治部主任、全国政协副主席肖华将军在抗日战争初期曾是冀鲁边区抗日根据地之最高领导。此诗吟成于向肖华将军遗体告别之时。

② 乐陵是冀鲁边区抗日根据地中心，肖华率八路军一支部队进入边区后驻军此地，为抗击日伪、开创根据地作出突出贡献。

寄刘庆方同志

征途交战友，风雨又同舟。
自非“一小撮”，但红五大洲。
黄湖甘苦日，红都喜忧秋。
征鼓催复骤，暮年犹效鸥。

（一九七九年八月二十八日）

哭庆方[1]

征途失战友，双泪似流泉。
戎马蓄高志，风云育大贤。
铁骨担重任，忠胆抒直言。
笑刺左倾症，牢握革命权。
欣逢振兴世，苦度重疴关。
未知妻先逝，泉下复团圆。

（一九八三年十月三十一日）

【注】

① 刘庆方曾任《中国青年报》副总编辑。对其病逝，至为悲痛。

哭华罗庚

（一）

科星不幸殒扶桑，十亿神州痛断肠。
哭罢遥思新世纪，振兴科技待辉煌。

（二）

才高志远苦耕耘，自学成才万世尊。
此路广招天下士，真知实践两相因。

(三)

丹心志为国争光，拼搏终生殉讲堂。
学问德行昭日月，日中友谊共天长。

（一九八五年六月十二日）

段玉裁与华罗庚

金坛今古两文星，段玉裁与华罗庚。
数学释文皆大智，功高青史五洲崇。

（一九九九年六月二十四日）

三唱潘恩良[①]

(一)

大业待兴征战忙，忠心报国潘恩良。
历经坎坷终无悔，百炼千锤作栋梁。

(二)

爱国情深志亦刚，楷模万众显恩良。
鞠躬尽瘁为人民，光照神州国运长。

（三）

辽水悠悠情意长，声声爆竹唱恩良。
港胞血共台安泪，直教山川人激昂。

（一九八六年二月二十日）

【注】

① 潘恩良，是辽宁台安一模范医生，救死扶伤，事迹突出。辽宁省政府授予荣誉称号，加以表彰。

李汝珍赞[①]

应李汝珍纪念馆之约而作

音韵小说一大家，镜花缘里溢才华。
疾俗愤世抒豪志，数典谈经入笔花。

（一九八七年九月十三日）

【注】

① 李汝珍为清代著名文学家、音韵学家。字松石，直隶大兴人。晚年穷愁，作小说《镜花缘》以自遣，历十余年始成。1988 年是《镜花缘》初刻 170 周年。

悼姜椿芳[1]

血沃报刊除旧弊，心随马列庆新春。
编修敢入百科梦，华夏当今第一人。

（一九八八年一月七日）

【注】

① 姜椿芳是中国著名的翻译家和编辑出版家，中国现代百科全书事业的奠基人。1987 年 12 月 17 日在北京逝世，终年 75 岁。

纪念冯玉祥将军[1]

应冯玉祥故居纪念馆之约而作

共和兵起滦河边[2]，正义凛然心似丹。
戎马一生共国难[3]，忠魂归路慰新天[4]。

（一九八八年八月十二日）

【注】

① 冯玉祥 1882 年出生在河北青县兴集镇，祖籍安徽巢湖。他是真诚的爱国者，坚决抗战的民族英雄。他一生始终保持着布衣将军的本色。

② 冯玉祥为推翻帝制，建立共和，于 1911 年 10 月 12 日举行滦州起义。滦州位于河北省滦河岸边。

③ 滦州起义失败后，冯玉祥继续坚定地拥护共和，反对帝制，几十年如一日。

④ 1948 年 4 月，中国人民解放军以摧枯拉朽之势直捣蒋家王朝，革命胜利在望。同年 7 月 31 日，冯将军由美国纽约乘苏联胜利号客轮归国，途中不幸遇难。

纪念张治中将军[1]

应张治中将军故居纪念馆之约而作

泉下将军添笑颜，只缘两岸渐松宽。
更希国共重携手，宁自魂飞回延安。

（一九八八年八月十五日）

【注】

① 张治中将军生于1890年安徽巢县。是著名爱国人士，国民党进步派主要代表人物，中国共产党的忠实朋友。他拥护孙中山的联俄联共扶助工农三大政策，坚信不渝，贯彻始终。抗战胜利后，为促进国共合作，曾三到延安。

谒轩辕故里

神州共仰古尧天，亿万炎黄胞谊坚。
若问何来凝聚力，人文始祖是轩辕。

（二〇〇一年十月）

炎帝颂[1]

教民耕织解穷愁，尝药削琴医病忧。
莽莽荒原变沃野，神农美誉贯神州。

（一九八八年五月三十一日）

【注】

① 炎帝是我国上古时代姜姓部落首领，称神农氏。他始作米稻，教民耕种，普尝百草，发明医药，制麻为布，制作衣裳，首辟市场，互通有无，削桐为琴，结丝为弦……并与黄帝合作，结成了巩固的部落联盟。炎帝神农氏与黄帝轩辕氏，被视为华夏民族团结统一的象征，被尊为中华民族的始祖。

谒炎帝陵

尊根敬祖洣河滨，炎帝陵高殿入云。
天使馆前红叶艳，永丰台上墨书匀。
炎黄二帝本兄弟，湘陕一途宜结姻。
由此长生凝聚力，子孙四海永相亲。

（一九九二年十一月二十三日）

看陈伯华眼神表演[①]

台下千日功，台上一分钟[②]。
人物刻划好，首靠眼神丰。
人有真善美，亦有假恶丑。
表白或遮掩，眼神俱窗口。
眼球善翻转，眼神万千变；
上下左右中，疾徐正斜颤；
人随剧情走，个性人人有；
眼神随个性，须是多面手。
功力属陈君，眼神妙且真。
令人叹观止，汉剧第一人。

（一九八八年九月十四日）

【注】

① 陈伯华是当代著名汉剧表演艺术家。

② 这两句是汉剧演员的口头禅，极言练功之艰辛及艺术成就之不易。

题赠包玉刚图书馆[①]

学子莘莘来，书城育栋材。
求知为四化，敢上凌烟台。

（一九八八年十月十二日）

【注】

① 香港爱国侨胞包玉刚先生为造福桑梓，慷慨解囊，在宁波市捐资兴建包玉刚图书馆。余应约题赠此诗。

咏王安石[1]

应江西抚州王安石研究会之约而作

革新矫世史称雄，变法初收变俗功。
法废人空陈迹里，犹闻三不足声洪[2]。

（一九八九年四月十日）

【注】

① 王安石是中国11世纪时的改革家。改革是进步的，但归于失败，王安石愤郁而死。

② “三不足”指王安石的变法思想，即“天变不足畏，祖宗不足法，人言不足恤”。

题王羲之故居

师尊书圣众芳来，洗砚池边笔阵开。
凤翥龙幡欲胜昔，临池发奋共虚怀。

（一九九〇年五月九日）

参观青岛康有为故居

解愠轩思国破情，公车因播上书名。
当年如若兴民主，纵有斯书自可扔。

（一九九〇年六月三十日）

纪念张自忠将军

抗倭疆场振雄风，碧血畅浇大地红。
锦绣山河因益壮，忠魂千载耀长空。

（一九九〇年十一月二十三日）

赠茗山法师[①]

瘗鹤名碑惜久残[②]，只缘断石未捞全。
何如考古求完璧，光耀神州翰墨坛。

（一九九二年六月十八日）

【注】

① 茗山，乃镇江焦山定慧寺高僧。

② 焦山碑林，1986 年建，有 265 方碑刻。瘗鹤铭为其中著名碑刻之一，惜已残破，部分残石有待打捞。

步韵和羽田武荣《访登瀛门遗址》[①]

求药东瀛出国门，风高浪冷日光温。
扶桑可寿遂长驻，带水相亲胜信神。

（一九九二年六月二十六日）

【注】

① 羽田武荣系日本徐福会理事，日本东海徐福会会长。其《访登瀛门遗址》诗云：“畴昔登瀛喜有门，亲临深感母邦温，徐福恩泽遍蓬岛，后嗣今来拜祖神”。

咏陶行知

生活教育立根基，精论行知百世师。
教改今犹遵此道，春风桃李万千枝。

（一九九二年七月二十五日）

咏鲁仲连

义不降秦胆识全，身轻利禄远尘寰。
忠贞豁达诚堪敬，高士芳名万古传。

（一九九三年一月十五日）

咏释迦牟尼

苦行林里静思维，菩提树前大解脱。
普度众生远尘世，登临彼岸尽成佛。

（一九九三年七月二十三日）

参观溪口张学良将军幽禁地

抗日功臣阶下囚，山房幽禁证奸谋。
功臣今老独夫死，寂寞双楠风雨秋[①]。

（一九九三年七月十八日）

【注】

① 两株楠木，为张学良将军亲手栽种，当地群众称之为“将军树”，以寄托怀念。

痛悼马嵩山同志

青年益友志如飞，勤奋笔耕义理恢。
跨纪原应多奉献，英才早逝万人悲。

（一九九五年三月六日）

咏蒲松龄

（一）

豆棚瓜架访谈勤，愤世神思妙笔频。
入木三分讥弊垢，狐妖声口见真纯。

（二）

荒园幼读喜聊斋，狐女花妻尚德才。
厉鬼画皮堪醒世，教人茅塞顿然开。

（一九九六年十一月二十六日）

咏范蠡

义利相兼生意隆，伟哉商祖陶朱公。
今朝经济大潮里，莫忘弘扬此遗风。

（一九九七年三月二十七日）

咏谭嗣同

变法图强胆气宏，民生为重己生轻。
屠刀傲对仰天笑，碧血一泓千古雄。

（一九九八年四月二十七日）

为孙毅将军九十五寿辰而作

永驻青春正气扬，清贫本色共天长。
从来身教胜言教，恭祝将军寿且康。

（一九九八年四月二十九日）

朱自清颂[①]

荷塘月色誉文坛，背影深藏骨气源。
宁拒嗟来食而死，英雄风范万年传。

（一九九八年九月一日）

【注】

① 朱自清（1898—1948），中国现代文学家，教授，著名爱国民主人士。《荷塘月色》、《背影》是他的散文名篇。

纪念张大千先生[①]

艺林当代大宗师，善画能书诗亦奇。
彩泼云山闻霹雳，笔工侍女尽仙姿。
大风堂雅多清趣，两峡情深惹梦思。
今日商槌频起落，先生美誉五洲驰。

（一九九九年二月二十八日）

【注】

① 张大千先生1899年5月10日生于四川内江县，是当代名书画大师，1983年4月2日病逝于台湾。

谒昭君墓

（一）

蓝天似海白云深，芳冢青青草色匀。
胡汉奇缘行并辔，碑林墨舞颂和亲。

（二）

胡人古昔即胞亲，万里和亲友谊深。
慧美昭君功万代，肃然墓侧敬忠魂。

（一九九九年七月二十七日）

祭黄帝陵

除暴勤农尚德贤，人文始祖创新天。
子孙十亿心长聚，跨纪蓝图作纸钱。

（一九九九年七月三十一日）

哀悼世钦同志[①]

终生文艺作刀枪，翰墨情深晚节香。
走笔但求真善美，凭窗万里颂歌长。

（一九九九年八月二十六日）

【注】

① 曹世钦同志是我的好友，原北京日报副总编辑兼文艺部主任，于1999年8月26日病逝。

谒岳飞墓

悠悠青史鉴真情，自古忠奸可定评。
正义岂容‘莫须有’？英雄永世铸芳名。

（二〇〇〇年五月十日）

邢侗颂[①]

吏治清廉有政声，北邢南董俱书雄。
山东文士功华夏，魂系来禽万古荣。

（二〇〇三年二月十二日）

【注】

① 邢侗，山东临邑县人，明代清官、大书法家，与董其昌齐名，编著有《来禽馆帖》。

缅怀席文天同志

鲁北文坛一老牛，躬耕书史续春秋。
来禽翰墨凭君助，默将丹心献九州。

（二〇〇三年二月十二日）

次韵奉和袁宝华老《八十述怀》

农家子弟志图新，革命风云处处春。
痛悼忠魂歌胜利，怒歼恶鬼振人心。
赢来民主欢声动，奔向桃源景色深。
万里江山期永固，拈须笑示众儿孙。

（二〇〇三年三月三日）

附：袁宝华《八十述怀》

喜逢盛世百柯新，耄耋之年几度春。
少壮常怀强国志，华颠犹抱济时心。
征途险阻豪情在，正气张弛系念深。
岁月不居廉颇老，只将清白赠儿孙。

瞻仰韩愈陵园

一代文豪出孟州，散文得振骈文休。
陵园松翠碑林茂，四海游人竞探求。

（二〇〇三年九月二十二日）

【注】

① 韩愈，出生于河南孟州。唐代文学家、诗人。他提倡古文即古代散文，改革骈体文，贡献颇大。

谒韩公祠

一代文宗万世贤，贬官屡在敢真言。
齐喑暂可安天下，乱起终招天地翻。

（二〇〇四年二月七日）

题世铿院[①]

精美绝伦艺术宫，世铿院里铸芳名。
辛勤创业功华夏，乡梓福星满颂声。

（二〇〇四年二月七日）

【注】

① 林世铿，广东惠来人，香港知名企业家。他爱国爱家，不惜巨资为家乡兴办学校、医院。家乡人兴建世铿院加以表彰。

痛悼彭友今同志

救亡驱寇是先锋，建国诚交四海朋。
宽厚谦和薄利禄，我哭统战逝仁翁。

（二〇〇五年二月二十六日）

【注】

① 彭友今同志，原全国政协秘书长，2005 年 2 月 21 日病逝，享年 91 岁。

缅怀胡克实同志

青年旗手献青春[①]，善任知人蔑左云[②]。
灭火遭灾犹守志[③]，萃楼共盼国情新[④]。

（二〇〇五年一月二十五日）

【注】

① 胡克实同志曾任共青团中央书记，于 2004 年 6 月 27 日病逝。他大半生从事青年工作，是当代革命青年运动的领袖人物。

② 胡克实同志知人善任，敢于抵制极左思潮。

③ “文革”初期，胡克实同志接受中共中央指令，负责选派工作组指导北京中学生运动，力求其健康发展，却被“四人帮”诬为资产阶级反动路线，惨遭批斗。

④ 我在“文革”期间，同样遭受政治冲击。1972 年 7 月恢复工作，出任《北京日报》党委书记兼总编辑。胡耀邦、胡克实同志与我聚餐于萃华楼饭庄，共叙别情，殷切希望国泰民安。

题丁佑君烈士纪念馆

青龙山下英雄乡，珍重青春忠义长。
傲骨英灵昭日月，新生一代业辉煌。

（一九八四年十二月二十九日）

读史偶吟

殷纣王

池林酒肉欲无涯，谀者高官谏者杀。
逐斥贤能愚百姓，寡人何患不孤家。

秦始皇

祖龙大略纵横征，一统神州六国倾。
暴虐覆舟缘自水，长生梦反短其生。

（一九八九年七月）

赠题篇

题赠辽宁省博物馆

（一）

书若游龙画若云，宝宫深锁艳阳春。
劝君公向宝宫外，不负今人与古人。

（二）

博物馆中文物存，发扬光大有知音。
雄心共促文明业，笑令神州日日新。

（一九八二年九月十日）

赠新会县博物馆

绿葵娟娟任公乡，巨榕盖地鸟天堂。
最喜圭峰山景下，物华纷陈意飞扬。

（一九八三年三月）

颂东北烈士纪念馆小分队

（一）

烈士馆中轻骑兵，高歌英烈走西东。
催人泪下雄心振，继往开来作劲松。

（一九八二年八月）

（二）

行程九万里，宣讲达千家。
英烈雄风至，遍开革命花。

（一九八三年十二月十八日）

庆祝南京博物院创建五十周年

金陵松柳掩层楼，吴越春秋一眼收。
半世耕耘成伟业，文明万古耀石头。

（一九八三年三月十二日）

为扬州博物馆题诗

古城春早雾光浓，昔日楼残人尚雄。
双寺办成博物馆[①]，扬州不负旧时名。

（一九八三年三月十二日）

【注】
① 双寺指天宁寺与重宁寺，均为应维修保护之古建筑。

题赠虎门抗英纪念馆

林关销烟吐气，虎门灭寇扬眉。
睡狮从此初醒，今日吼声若雷。

（一九八四年三月十一日）

祝贺沈阳故宫博物院建院六十周年

暴风横断帝王魂，宫殿欣逢博物春。
为鉴教人知兴替，文明史上立功勋。

（一九八六年九月二十七日）

为黑龙江省民族博物馆题辞

民族文物古今存，魂系炎黄代代珍。
博物馆中容万客，五十六族若一人。

（一九八六年十二月十日）

纪念西安碑林创建九百周年

龙腾虎跃碑之魂，千载碑林万代珍。
心拓手摹常忘返，只缘此地长精神。

（一九八七年十二月九日）

为荆州博物馆题句

庄严雄伟古荆州，长纪兴衰供旅游。
欲问兴衰何所指？馆藏文物报春秋。

（一九八八年九月十六日）

题赠法门寺博物馆

考古招来地下春，法门文物连城珍。
欣然开放供观赏，华夏文明万古新。

（一九九〇年 9 月 28 日）

南郑陆游纪念馆落成[①]

中原昌盛九州同，波绿秋湖春意浓。
家祭已酬今国祭[②]，广招游客沐雄风。

（一九九三年十月十一日）

【注】

① 南宋时，南郑是抗金前线。陆游曾在此任职，吟咏甚多。1993 年 10 月 11 日，陆游纪念馆落成于南郑县之南湖畔。

② 陆游诗《示儿》:“死后原知万事空，但悲不见九州同。王师北定中原日，家祭勿忘告乃翁。”故此诗如此作答。

题赠婺源县博物馆

开放迎来文物春，弘扬传统育新人。
况今张謇成千百[①]，应数神州最有神。

（一九九四年四月七日）

【注】

① 张謇，首创南通博物苑，是倡建中国博物馆事业第一人。

纪念湖北省博物馆成立三十周年

楚地东湖秀水滨，物华千古为今人。
奇珍随墓编钟乐，铸就文明天下闻。

（一九九七年十二月二十一日）

题瑞金革命烈士纪念馆

革命红旗血染成，燎原星火殉身功。
陵园俯首怀先烈，泪满心窝敬意浓。

（一九九九年十一月十一日）

题赠汉阳陵考古陈列馆

千年文物喜逢春，开发旅游值万金。
最是文明传四海，先行不愧是华人。

（二〇〇〇年九月五日）

咏茂陵石雕馆

石雕精妙古遗存，马踏匈奴振国魂。
独运匠心抽象美，朴真艺术万年新。

（二〇〇〇年九月八日）

题赠紫檀博物馆

民营馆藏紫檀珍，工精韵美艺绝伦。
从此京华添一景，赏心悦目胜阳春。

（二〇〇一年二月三日）

题赠中国古玩艺术品博览会

古玩贵收藏，休闲鉴赏忙。
身心俱顺畅，福寿共天长。
考究成因细，推求义理详。
养成高素质，风貌自堂堂。

（二〇〇一年九月二十四日）

题崔奇麻雀图

画思深邃画风奇，麻雀跃然纸上啼。
贵在发人求是意，典型一解得真知。

（一九六五年初夏）

题曹世钦《梅兰竹菊图》

兰重清香竹重节，菊梅妍丽傲霜雪，
四君同喜岁寒天，更喜文人爱意切。

贺红楼书画研究会成立

丽日春花无尽时，红楼轻舞二王旗。
书坛不拒添新秀，画苑务求山水奇。

（一九八〇年春）

题董寿平所赠《古松图》

悠悠艺苑巧耕耘，笔底黄山最有神。
人贵寿高松贵老，苍松傲雪复凌云。

（一九八四年四月）

题赠一青年画展

苦学十载画思奇，独运匠心手不俗。
代有异才今更是，新人莫道必拙低。

（一九八六年九月九日）

观韩秋岩诗书画印展[①]

诗书画印艺皆全，情似波涛笔若椽。
岁在耄耋人不老，艺坛一帜更直前。

（一九八七年十月二十日）

【注】

① 韩秋岩，江苏泰兴人，1899年生。曾留学法国，得航空工程师学位。诗、书、画、印自成一格。

观宋步云画展[①]

艺苑耕耘六十年，中西合璧画奇妍。
蟠桃丽影惊天外，王母翩翩来世间。

（一九八七年十月二十三日）

【注】

① 宋步云，山东潍坊人，我国著名国画家，水彩画家和油画家，曾为中央美术学院教授。

题孙大石画《负重》[①]

土家妇女尚勤劳，夜理苎麻昼采樵。
思及儿孙好光景，苦中犹自乐陶陶。

（一九八七年十一月十五日）

【注】

① 孙大石，又名孙瑛，国画家，曾是全国政协委员。山东高唐人。《负重》画面为一湘西劳动妇女砍柴归来形象，形神俱佳。

祝贺邯郸友好城市书画展开幕

黄粱梦境入邯郸，遂得文贤笔墨欢。
笔涉春秋鞭旧制，墨泼山水壮新天。

（一九八八年五月十一日）

题张英杰《百鸡图》[①]

破晓雄鸡喔喔啼，形神各异笔如丝。
从来艺术重功力，画苑新添又一枝。

（一九八八年八月二日）

【注】

① 张英杰，河北省東鹿县文化馆工作人员。其所创《百鸡图》数十幅，皆工笔，功力尚好。

题《岁寒三友图》[1]

苍松劲健腊梅清，摇曳竹枝淡雅情。
若问岁寒交友故，傲霜风骨不凋零。

（一九八九年八月二十六日）

【注】

① 此图为画家陈大章、刘光祖、王任、刘昭基合作，余题诗其上。

题范石甫画《四时生机入画图》[1]

四季花开终岁香，鸡雏嬉戏意飞扬。
团团稚气惹人爱，妙写丹青情更长。

（一九九〇年六月六日）

【注】

① 范石甫，高级美术师，江苏金沙书画院院长。此画为 12 米长卷，以鸡雏为主，配以四季花卉，画面生意盎然，颇有情致。

观空军百名飞行员书画展

蓝天银燕育书英，笔走龙蛇神鬼惊。
善舞能文新子弟，长空艺海共干城。

（一九九〇年八月五日）

题赠日本每日书道会佳作展

书画同宗若一家，一衣带水谊无涯。
切磋书艺添风韵，共享文明翰墨花。

（一九九〇年十二月二十一日）

“滕王阁杯”全国少年儿童书法大奖赛

良师芳墨育书英，稚气满身艺渐成。
新秀如云书苑茂，神州可望更文明。

（一九九〇年十月二十九日）

赞汪西邦绘《红梅图》

老干虬蟠挺秀枝，花繁姿艳韵如诗。
雪中预报春来讯，农事宜勤莫误时。

（一九九一年三月十二日）

中日友好自咏诗书展

自古诗书是一家，苏黄韵美笔尤佳。
一衣带水情无限，翰墨缘催翰墨花。

（一九九一年三月二十日）

题裘沙自画像

口讷形呆志若磐，醉心绘事近狂癫。
阿Q鲁迅成知友，笔富安贫不卖钱。

（一九九二年四月十三日）

咏书画装裱艺术

人善着衣方入时，古今书画重装池。
装成宛似花常艳，香溢千秋永解颐。

（一九九三年二月十日）

摄影之歌

瞬息永存，形神逼真。
远别如面，友谊常新。
历史见证，时代足音。
开阔视野，增广见闻。
成此雅好，做文明人。

（一九九三年二月二十六日）

题黄钧、梅阡、陈大章合画《四君子图》

兰草清幽菊亦黄，竹枝婀娜玉梅香。
四君傲对风霜月，遍试寒冬与丽阳。

（一九九三年四月二十五日）

题吴国亭《山鹰图》①

丹青手妙形神备，翰墨情深韵味浓。
云水苍茫秋草丽，山鹰凝目待雄风。

（一九九四年七月五日）

【注】

① 吴国亭，江苏省美术馆高级画师。他的花鸟画造型生动，形神兼备，山水与花卉交织成趣，自成一家。

题程与天《中国当代作家印谱》

刀艺精纯章法奇，茫茫印海畅游之。
千人千面风仪异，如入芳林酒醉时。

（一九九四年七月十日）

题徐健绘赠《松鹤图》

苍松仙鹤谙人生，不尽沧桑叹短程。
今喜国丰民自寿，灿然耄耋若金星。

（一九九一年一月二十五日）

题一老干部书画展

年迈金农[①]学画忙，跻身八怪晚晴光。
如今国泰民增寿，耄耋合添翰墨香。

（一九九一年一月二十五日）

【注】
① 金农，清代著名画家，“扬州八怪”之一。

观鲁若曾油画展即兴

白桦林木入金秋，八月灵山翠欲流。
质朴老农歌盛世，白鹅村舍伴耕牛。

（一九九五年三月二十一日）

为任秀文题画

长白巍巍景色奇，苍松茂密鹿飞驰。
云霄深处天池丽，宛若女神呈秀姿。

（一九九五年八月二十三日）

观柳倩、晓叶合作荷塘月色图感赋[①]

荷塘清丽月朦胧，父女情深此画中。
一纸难能同泼墨，天涯骨肉幸奇逢。

（一九九五年十二月十三日）

【注】

① 柳倩与晓叶，一为著名书家，一为中年画家，虽为父女，长期失散，达数十年之久，又偶得奇遇而团圆，被传为艺坛佳话。

题姚少华李傳琪合绘之《虎女图》

野岭松林忆九歌，兽王神女共祥和。
从来万物分刚柔，相济共荣好处多。

（一九九六年一月二十一日于珠海）

题孙泳新绘《牡丹·公鸡》

雄鸡高唱报春来，满苑牡丹应运开。
彩蝶双双添闹意，大千世界共抒怀。

（一九九七年二月四日）

题王自修国画《春天来了》

雪地冰天无纤尘，暖风解冻乐鱼群。
桦林初醒吐新绿，美景良辰是早春。

（一九九七年九月二十四日）

题散氏盘拓片①

凤翔荒野蕴奇缘，千古深藏散氏盘。
最是法书堪仿效，神州翰墨重其源。

（一九九八年三月十九日）

【注】

① 散氏盘，系西周后期青铜器，清乾隆中叶出土。图案精美，形制雄伟。有铭文 19 行，357 字。

题《中国历代名家书法字帖选萃》

以字换鹅诚足夸，神州代代重书家。
时人更尚高风雅，师古开新翰墨花。

（一九九八年七月三日）

为陈惟寅画倪云林清閟阁图跋诗

倪瓒，字云林，元代大画家，喜画竹，筑清閟阁，蓄古书画其中。清閟阁图作者陈惟寅，工诗文，善山水，与云林友善，画风亦相近。

傍水依山阁入云，疏林淡远静心神。
名贤今古重观赏，慧眼藏家幸运人。

（一九九八年七月二十六日）

题田世光绘花鸟图

霜重染红叶，鸣禽歌入云。
风添修竹韵，秋菊更迷人。

（二〇〇〇年十月二十六日）

题亚明绘芦雁渔舟图[1]

秋深群雁竞飞鸣，芦荡花残江水平。
谷贱伤农鱼亦贱，渔翁醉卧任舟横。

（二〇〇一年四月二十五日）

【注】

① 亚明乃当代著名画家。其所绘《芦雁渔舟图》笔墨简括，气派雄浑，兼题诗句其上，寓意深远，颇具文人画风格。

赞李振坤水墨人物画

画贵形真神若驰，雾花水月令人迷。
李君放胆开新路，艺苑根深硕果奇。

（二〇〇三年十二月十八日）

题姚伯奇焦笔山水画

魂系三峡焦墨奇，实虚枯润绘雄姿。
难能独具阳刚气，壮美山川蕴好诗。

（二〇〇四年十一月十日）

【附记】

姚伯奇，郑州画院一级美术师，擅长中国山水，尤以焦墨、泼彩山水独到。

跋御题棉花图

自古民生农占先，丰衣首赖广植棉。
帝王昔日尚知此，重振三农是大贤。

（二〇〇五年七月二十三日）

为陈锡山书法《孙子兵法》题字

书法巨制，孙武华章。
各体兼备，成就辉煌。
文坛新秀，百世流芳。

（二〇〇五年十月十一日）

为赵望云《百驴送粮图》跋诗

赵望云，当代著名画家。《百驴送粮图》作于1974年，意在表彰人民支援解放战争之壮举。

林茂风清秋景中，策驴成队送粮行。
跋山涉水志高远，为奏凯歌天放晴。

（二〇〇六年三月二十日）

赠青岛黄海饭店

绿树红楼黄海滨，群贤博物洞昔今。
壮怀惊破痴人梦，雄论升华张骞魂。

（一九八三年十月）

【注】

① 1983年10月，在青岛黄海饭店举行中国博物馆学会理事会暨第二届学术讨论会。

庆祝香港《文汇报》创刊三十五周年

茫茫星岛角声洪，报导神州万众雄。
篱下有期终暗夜，同心朝暮筑归程。

（一九八三年三月十九日）

赠掖县制笔厂

文房一宝笔如峰，飞舞龙蛇任纵横。
韩愈毛颖传里物，于今更助新文明。

（一九八六年十月十一日）

赠陈正先生[1]

知己尤需海外存，天涯方可亲如邻。
广交潭水千寻友，共享和平万载春。

（一九八六年十一月二日）

【注】

① 陈正先生，系新加坡《联合晚报》总编辑，书法家，华人，祖籍福州。

咏潍坊国际风筝会

高天碧海潍坊城，银蝶金鹰竞翥腾。
慢领春风无限意，雪芹遥慰爱鸢灵。

（一九八七年一月十六日）

纪念西安碑林创建九百周年

龙腾虎跃碑之魂，千载碑林万代珍。
心拓手摹常忘返，只缘此宝费精神。

（一九八七年十二月九日）

题新黄鹤楼[①]

黄鹤飞归新鹤楼，悠悠愁绪从此休。
人间早换新天地，江上亦非旧春秋。
江汉合流舟似箭，龟蛇交臂客如流[②]。
感时深悔归来晚，崔颢诗情应更稠。

（一九八八年九月十三日）

【注】

① 黄鹤楼在武昌蛇山的黄鹤矶上，是一座千古名楼。始建于公元223年。在长达一千七百多年间屡毁屡建。全国解放前，复荡然无存。为发展旅游事业，湖北省于1985年按图重建。

② 龟蛇交臂，指横跨大江，连接龟山蛇山，使天堑变通途的长江大桥。

题赠白云边酒厂[①]

香醇淡雅润甜绵，湖北茅台入绮筵。
李白饮酣留绝句，将船买酒白云边。

（一九八八年十月十日）

【注】

① 白云边酒厂位于湖北省松滋县城关。白云边酒系兼香型大曲酒。李先念赞誉为“湖北茅台”。唐代大诗人李白有诗曰：“南湖秋水夜无烟，耐可乘流直上天，且就洞庭赊月色，将船买酒白云边。”

观中国残疾人艺术团演出

残身精艺美魂灵，犹胜完人显异能。
独脚金喉歌舞里，掌声赞语满华庭。

（一九八九年三月二十三日）

观张氏泥雕

朱刀巧手弄红泥，顷刻伶人千百姿。
水浒红楼三国戏，全凭雕镂出神奇。

（一九八九年四月十八日）

题赠华北油田管理局

油层如海油如泉，油井如林满绿原。
雄踞世林凭四化，能源不愧先行官。

（一九八九年九月六日）

文物复制之歌

文物复制，贵在代真。
质量第一，兼备形神。
为辨新旧，标志铭身。
永葆信誉，戒律必遵。

（一九九一年十一月二十三日）

咏燕子石

茫茫远古物凝姿，化石欣呈燕子飞。
天地悠悠犹一瞬，多情造化定妍媸。

（一九九三年二月十二日）

赞相声

说学逗唱笑，一笑十年少。
幽默讽刺多，醒世劝人妙。
人人爱相声，文明高格调。

（一九九三年八月十一日）

奉题朱仙镇岳庙

忠良奸佞演同台，常是忠良枉且哀；
英烈芳名垂万古，活该秦桧跪尘埃。

（一九九四年三月八日）

为中华图书五十年而题

人赖图书生智，文凭出版传播。
吾侪奋力绣山河，为教儿孙胜过。

（一九九四年五月二十三日）

题赠宁夏化工厂

管道神奇变幻功，化肥生产助年丰。
良田万顷粮仓满，工业支农称俊雄。

（一九九四年八月二十三日）

题赠中央广播电视塔

悠然似剑上云霄，鸟瞰京华气象豪。
万里波传新捷报，广寒宫畔觅蟠桃。

（一九九四年十月二十四日）

为北方工业大学五十周年校庆而作

为谋四化展雄怀，学子争相学府来。
苦读精思勤实践，书城深涉育英才。

（一九九六年四月十四日）

为一中学校庆题辞

园艺育新苗，辛勤树自高。
风霜兼苦乐，桃李万花飘。

（一九九八年二月十二日）

题七宝摇钱树工艺品

古物摇钱树，仿新聚宝盆。
吉祥终有报，美艺等金银。

（一九九八年十一月七日）

为百纳民间艺术品拍卖公司题辞

民间艺术蕴精华，展现真容对赏家。
拍卖场中凭慧眼，祝君好运得奇葩。

（一九九九年一月五日）

发行纯金版《清明上河图》与“正大光明”金匾感赋

为弘扬民族文化，故宫博物院与北京军戎商贸公司联合发行纯金版《清明上河图》及“正大光明”金匾。感而吟此。

文物资源开发深，也生神韵也生金。
今朝师法陶朱路，广铸文明振国魂。

（一九九九年一月二十日）

题大雁塔

雁塔巍巍入碧空，沧桑益使佛心雄。
欲从苦海拯黎庶，极乐应须是大同。

（一九九九年七月十二日）

赞仇氏黑陶[①]

质如黑玉泛铜光，典雅清幽溢古香。
仇氏黑陶名四海，龙山文化共天长。

（一九九九年四月四日）

【注】

① 仇氏黑陶，指当代著名雕塑艺术家仇志海、仇世森父子的黑陶工艺。黑陶是中国龙山文化的代表，被称为原始文化中的瑰宝。仇氏父子奋力探寻，苦心钻研，终于使消失四千年的磨光黑陶恢复生机，并有所创新。

无 题

名人贵在是精英，事业功高两袖清。
万众见贤思齐日，名人效应自成风。

（一九九九年十二月十日）

为研制“千禧金玺”感赋

龙是中国的象征。玉玺不仅是皇权标志，也可供收藏鉴赏。中国皇家艺术品复制有限公司经由北京东方收藏家协会监制，仿“大清嗣天子宝”为“千禧金玺”，限量编号发行，使深藏故宫博物院之瑰宝得以发挥社会效益与经济效益，可喜可贺，感而赋此。

巧出深宫原物存，形神毕肖近纯真。
龙年龙玺龙飞舞，利国利民利子孙。

（二〇〇〇年二月十日）

古玩城之歌

“一进古玩城，半天出不来”。
珍奇随处有，眼界不时开。
学问咨询地，休闲谐趣台。
搜求欣得宝，做梦也舒怀。

（二〇〇〇年四月九日）

题赠新建阅江楼

狮子山头遗胜迹，阅江楼上赞今朝。
古都千载添新景，工业无烟此计高。

（二〇〇一年五月二十一日）

咏武训

奇丐高行，义学痴情，
利民利国，万世芳名。

（二〇〇二年四月七日）

【附记】
应邀为冠县武训碑林筹委会题。

题燕伋望鲁台

孔门高第，秦有燕伋。
尊师重教，见贤思齐。
登台望鲁，今古咸宜。

（二〇〇二年四月九日）

祝贺中华古玩业商会成立

古玩多清趣，兼能眼界开。
愿君精鉴赏，足智远庸才。

（二〇〇二年四月七日）

赞古典名著龙抄本[①]

名著情深入万家，而今锦上又添花，
墨香十载手抄苦，艺苑增辉代代夸。

（二〇〇二年九月七日）

【注】

① 古典名著指《三国演义》、《水浒传》、《西游记》、《红楼梦》。龙抄本书家为刘国龙先生。

绿观音茶苑之歌[①]

绿苑茶香远，红都雅士多。
休闲强体魄，品茗静心波。
但愿人康寿，还希事顺和。
观音歌盛世，万里好山河。

（二〇〇三年一月一日）

【注】

① 北京绿观音茶苑，茶香韵美，颇受欢迎，又在门头沟建一分店，日前，余应邀出席分店开业盛典，感而赋之。

颂潮汕星河奖基金会

星河大厦入云霄，盛意栽培小树苗。
笑问基金何所用？年年月月奖英豪。

（二〇〇四年二月七日）

为《收藏》创刊150期而歌

盛世收藏，万宝生光。
视野扩大，素质增强。
我爱《收藏》，美图华章。
一册在手，友益师良。
收藏《收藏》，共创辉煌。
祝君奋进，万里康庄。

（二〇〇五年四月二十七日）

题赠卞志良[①]

逐鹿体坛利器精，泰山名品器中雄。
畅销万国名声远，奥运专营有大功。

（二〇〇六年九月十五日）

【注】

① 卞志良，乐陵市泰山集团董事长，生产的泰山品牌体育用品闻名遐迩。

文物喜逢春

千年文物喜逢春，贵在弘扬振国魂。
张謇精神得盛世，收藏鉴赏育今人。

（二〇〇七年三月二十九日）

纪游篇

北 京

云居寺[①]

万卷石经珍且奇，书法佛事两常师。
广招天下来游客，张謇精神最合宜[②]。

（一九八三年春末、一九八八年五月十四日重游、改作）

【注】

① 云居寺，为隋代僧人所建。寺中藏有自隋唐至明历代所刻之石经板，数以万计，非常珍贵，是研究中国书法史、美术史和宗教史的重要实物资料。

② 张謇，江苏南通人，是中国第一个博物馆——南通博物苑的创建者。

怀柔水库

雾气迷天半，山光入画中。
飞舟刻细浪，笑语满游程。

（一九八五年六月二十七日）

长城谣

万里长城万古珍，雄姿如岱气凌云。
星空遥视超群象，好汉争来访此君。

（一九九一年七月五日）

中华民族园

榕林悦目树门开，各族风情扑面来。
绿女红男歌盛世，炎黄一统共抒怀。

（一九九四年九月八日）

龙庆峡

塞北漓江分外幽，苍峰壁立碧波流。
飞龙遥接百花洞，直教游人遍五洲。

（一九九八年六月六日）

观长城夜景

入夜长城雄且娇，月高风细彩旗飘。
长龙远去携灯火，直插星群破九霄。

（一九九八年六月七日）

咏祈年殿及其工艺品

（一）

无可奈何大自然，徒行盛典枉祈年。
今日得览名胜地，笃信科学不靠天。

（二）

祈年殿入碧云天，华美雄奇堪爱怜。
妙手缩微工艺好，姿容酷肖伴君前。

（一九九九年七月八日）

响水湖偶吟

响水寻源步履艰，夕阳斜照美秋山。
源头在望虹鳟跃，瀑布飞花人若仙。

（二〇〇〇年十月十九日于怀柔响水湖渡假村）

樱桃园口占

樱桃红艳绿枝间，摘下品尝甜且鲜。
如此休闲人必寿，衰翁犹自盼年年。

（二〇〇二年五月二十六日）

观延庆冰雕

（一）

城灯似练挂高空，雪铸银涯百丈雄。
耀眼冰雕奇且丽，置身梦幻乐无穷。

（二）

满目琉璃万盏灯，俨然神造水晶宫。
人工胜似天工巧，不是神灵是脑灵。

（二〇〇三年一月三日于八达岭温泉宾馆）

赞魏善庄梨园

梨园文化显奇能，丰水黄金味道浓[①]。
最是休闲佳胜地，手摘口品乐融融。

（二〇〇三年九月三日）

【注】

① “丰水”“黄金”皆由国外引进之优质梨名。

银山塔林[1]

满目秋容绿叶稀，银山脚下路崎岖。
塔林似箭朝天射，翁妪相携步缓移。

（二〇〇五年十月二十二日）

【注】

① 银山塔林，位于北京市昌平境内。系辽代遗迹，寺已不存。

延庆杏花节

延庆春来晚，杏花今始发。
看花人络绎，淡季仍繁华。

（二〇〇六年四月十九日）

上 海

锦江饭店花园

草地绿如茵，雪松静入云。
玉兰枝叶壮，蝉闹反安神。

（一九八五年八月二日）

上海新貌

（一）

广厦如林雨雾多，腾空公路若天河。
浦江上下双穿越，高耸明珠人共歌。

（二〇〇五年五月五日）

（二）

偕友飞车逛浦东，柳林夹道傍葱茏。
日光斜洒云楼丽，道道桥梁若彩虹。

（二〇〇〇年十二月十五日）

重 庆

参观中美合作所旧址感赋

（一）

魔鬼无人性，审讯施酷刑。
临了大屠杀，杀人如割葱。

（二）

先烈志如铁，高歌傲太空。
视死犹归去，牢房变干城。

（三）

屠刀激壮志，监狱炼英雄。
终令王朝废，红旗满山城。

（四）

巨人东方起，祖国正飞腾。
勿忘烈士血，前行复前行。

（一九八五年二月十五日）

登枇杷山观山城夜景

万家灯火满山坡，宛若繁星系天河。
还似丽人舒彩袖，教人心醉忆青娥。

（一九八五年一月四日）

河 北

北戴河游泳场景

水碧云灰一线天，风来波起浪花妍。
健儿深水畅游远，群戏浅滩气垫船。

（一九八七年七月二十五日）

燕塞湖[1]

一川苍碧满湖青，壁立群峰望岛亭。
远岫云光连天宇，轻歌笑语乐游程。

（一九八七年七月二十六日）

【注】
① 燕塞湖即石河水库。位于秦皇岛市西北。

山海关

（一）

边关高踞海山间，一夫当关抵万千。
几度沧桑荣与辱，于今开放供参观。

（二）

长城万里诚雄哉，第一威名从此来。
锦绣山河无限碧，登高望远展胸怀。

（三）

忆昔多次曾来游，满目荒凉扫兴头。
全赖旅游改旧貌，层楼栉比人如流。

（四）

开放招来文物春，保用职能集一身。
游客万千收益好，遂能修旧与翻新。

（五）

挥毫再写老龙头，曾是海滩乱石洲。
今日重修昔日景，巍巍倚岸一雄楼。

（一九八八年七月二十五日）

秦皇岛码头

天蓝海碧白云飞，集散粮煤耀夏晖。
铁臂摇摇装与卸，巨轮万国去来归。

（一九八八年七月二十六日）

登碧螺塔[①]

海滨突起碧螺塔，楼阁亭台集一家。
近陆旋观八面景，高天远眺万波花。

（一九八九年七月二十六日）

【注】

① 碧螺塔新建于北戴河海滨东部之小东山上。塔为海螺仿生造型，高二十一米，共七层，旋转上升。

去南戴河途中

荆花似雾槐荫低，万顷波涛入眼迷。
大道直通金海岸，此来益感风光奇。

黄金海岸

滩平沙细岸如弓，白浪飞花映碧空。
伞盖星罗泳者众，天然浴场系游踪。

（一九八八年七月二十八日）

海滨漫步

携妻漫步海滨堤，拍岸银涛湿夏衣。
忽见渔翁竿骤起，银鱼冉冉碧空飞。

（一九八八年七月三十日）

参观昌黎果树研究所

炎炎夏日到昌黎，满目青苹压绿枝。
新品问君何者美？葵花胜利最合时[①]。

（一九八八年八月二日）

【注】

① 葵花、胜利为该所杂交之新品种，获全国果品优良品种发明三等奖。

咏北戴河

沙细滩平岸草齐，云飞绿树雨丝丝。
天连碧海开胸臆，人入银波健骨肌。
心壮但求游路险，技高更喜浪花奇。
满身练就英雄胆，敢写征途进击诗。

（一九九一年八月）

白洋淀即兴[1]

(一)

碧波千顷苇荷芳，北国江南鱼米乡。
鲤跃鸭鸣人笑语，舟横夜静酒飞觞。

(二)

淀光潋滟水连天，绿苇成堤航道边。
似箭轻舟怡远客，如箱鱼网兆丰年[2]。

(三)

芦荡舟行纱帐中，纵横航道若迷宫。
当年抗日雁翎队，鬼没神出立大功。

（一九八九年九月）

【注】

① 白洋淀是华北平原最大的淡水湖，以水产丰富，风光优美而名扬中外。

② 网箱养鱼，为水产养殖新技术，亩产鱼可达十数万斤。

西游记宫

曲美墙高门景新，艺粗室暗人挨人。
十元兼买桑拿浴，方信敲竹杠是真。

（一九九一年八月八日）

观沧州武术杂技表演

武术世家杂技乡，高超技艺世无双[①]。
走绳对打叠高椅[②]，飞若林猿稳若桩。

（一九九三年八月二十六日）

【注】

① 沧州乃武术、杂技之乡，历史悠久，技艺高超，在国内外享有盛誉。

② 走立绳、顶杆、叠椅等是杂技的传统节目；对打拳乃武术之一绝。

观海潮

风卷银龙向海涯，巨涛拍岸浪飞花。
碧螺塔畔斜阳里，笑看潮头人若蛙。

（一九九四年八月十五日北戴河）

夏宫吟[①]

松翠墙红古刹多，锤峰天外夏宫峨。
金山弄影湖心皱，岸柳含烟云际和。
避暑山庄宜避暑，热河泉水源热河。
风光不复皇家梦，喜教环球游子歌。

（一九九八年五月十四日）

【注】

① 夏宫即避暑山庄。

参观普陀宗乘之庙[1]

康乾盛世岂虚名，布达拉宫建意宏。
民族相亲安四海，赢来一统版图雄。

（一九九八年五月十四日）

【注】
① 普陀宗乘之庙亦名小布达拉宫。

再游海底世界

海底群鱼陆上游，人间旅客入龙舟。
万能奇景真难得，愿作神仙此久留。

（二〇〇一年七月二十四日）

游清东陵

地宫清丽壁雕雄，神道牌坊气势宏。
史载康乾称盛世，泉台盛世是东陵。

（二〇〇四年十月十二日）

山 西

晋祠杂咏

一九八四年七月，于山西太原晋祠宾馆参加全国各省、市、自治区政协文史办公室主任会议，得便饱览晋祠名胜，偶有所感，成数绝句。

圣母殿

圣母殿堂彩塑全，蟠龙飞绕柱廊牵。
多姿仕女绵绵意，似诉人间奸与贤。

难老泉

源头活水入飞梁，萍绿沙白玉液中。
行至泉亭偶仰首，惊观难老字书功。

宾馆闲步

绿槐滴翠柳含烟，虫鸟啾啾野兔欢。
闻道人添万元户，倍教僧女慕尘寰。

文史会议

悬瓮霏霏晋水凉，群贤消夏依然忙。
为开文史新天地，合写春秋费思量。

五台山

（一）

五峰环抱共云端，寺庙星罗香火阑。
巧借文殊赠智慧，信徒如缕施金钱。

（二）

浓雾轻烟笼翠坡，寺墙频送佛门歌。
登高揽胜方凝目，经鼓声声振耳窝。

（一九九〇年八月二十七日）

碧落碑[①]

龙兴碧落古碑存，篆体龙飞字字珍。
笔法精纯神韵妙，阳冰弟子尚摹临[②]。

（一九九〇年九月三日）

【注】

① 碧落碑在山西新绛县城龙兴寺内。碑文书法奇古，行笔精绝，以大篆著名全国。

② 李阳冰，唐书法家，长于篆体。

普救寺即兴

（一）

普救寺中情意长，两心相许赖红娘。
西厢待月传佳话，遂令丫环百世芳。

（二）

得意仕途情骤凉，痴人梦断泪千行。
蛙鸣塔下声声咽[①]，疑是莺莺咒瑞郎。

（一九九〇年九月四日）

【注】

① 指寺内之舍利塔。舍利塔平面方形，十三级，高约五十米。塔身中部用石击之，回声响亮，传为匠师筑塔时安放金蛤蟆在内，实则塔身中空所致。因《西厢记》故事流传，后人怀念莺莺，特更名莺莺塔。

冒雨游玄中寺[①]

(一)

青山如黛雨如烟，满目秧田碧浪翻。
共道今年长势好，丰收在望喜开颜。

(二)

石壁山前雨纷纷，玄中寺里百花新；
椒香竹翠人如醉，犹记前僧建庙人。

(三)

人言佛法大无边[②]，难比中日友为先。
三师遥跨衣带水，挥斥群魔祈泰安。

（一九八四年十一月二十四日）

【注】

① 玄中寺又名石壁寺，在山西省交城县西北十公里石壁山中，为风景幽雅的佛教圣地。北魏延兴二年(公元742年)兴建。其时，昙鸾大师住寺中研究净土宗，后由弟子道绰继承。唐贞观十五年，僧善导在此皈依净土法门。后日本亲鸾接受昙鸾一脉相传的净土宗教义，建立净土宗真宗。日本佛教徒视玄中寺为“祖庭”。

② 玄中寺中有三师殿。殿中悬有昙鸾、道绰、善导三位大师画像，陈列有净土宗全书，皆为近年来日本僧人所赠。

内蒙古

去昭和路上

蓝天似海片云流，碧草波涛卷牧牛。
山路蜿蜒人抖擞，飞车直上天尽头。

（一九八二年八月）

车过内蒙大草原所见

绿野蓝天缀白云，朝阳斜照牧场新。
长鞭挥起群骢聚，神气全归牧马人。

（一九九五年七月二十三日）

游达赉湖

日丽风清万顷波，欢声笑语满船歌。
全鱼盛宴情虽好，莫若开发硕果多。

（一九九五年七月二十三日）

吉 林

观长白山天池[1]

(一)

日照天池殊秀姿，金堤玉液碧涟漪。
为何雨雾常遮面，疑乃瑶池王母栖[2]。

(二)

游人络绎车辚辚，夜住晓行急登临。
雨骤风寒湿衣袖，但求一见怡心神。

(三)

抬头林海雾茫茫，远看彩霞万道光。
忽见天池雾转淡，乐煞游子目圆张。

(四)

忽见天池展秀姿，满池玉液碧涟漪。
云衣峭岸添风采，频举相机画笔驰。

（一九八九年七月十八—十九日）

【注】

① 天池，在长白山之峰白头山顶。海拔 2155 米， 9.2 平方公里，最深处达 312.7 米。

② 瑶池，相传为西王母所居。《穆天子传》：“觞西王母于瑶池之上。”

黑龙江

古渤海遗址

（一）

唐代属邦名渤海，风情形制皆唐彩。
妄图染指者须知，华夏版图休要改！

（二）

碧草粼粼古木阴，城垣气概醉游人，
依稀宫殿琉璃井，危柱高墙是午门。

（一九八二年八月）

扎龙自然保护区①

绿苇无边鱼满塘，天生丹顶鹤家乡。
羽衣素雅头高举，乐与苍松比寿长。

（二〇〇一年七月）

【注】

① 扎龙自然保护区在齐齐哈尔市东南部，是一片面积达十余万公顷的沼泽地。我国闻名中外的丹顶鹤即生活于此。

五大莲池[①]

（一）

万古火山遗迹存，熔岩奇景最销魂。
石涛如海石龙走，稀世药泉医病身。

（一九八九年八月二十八日）

（二）

地下熔岩射太空，无边火海化乌龙。
火山喷口高坡上，俱是游人觅古踪。

（一九八九年八月三十日）

（三）

疗养院多游客欢，只缘处处有清泉。
清泉冷冽味甘美，祛病强身可延年。

（一九八九年八月二十九日）

【注】

① 五大莲池在黑龙江德都县境内。1719—1721 年间，因火山熔岩堵塞白河河道，形成五个相连的火山堰塞湖，故名。

游镜泊湖

（一）

镜泊湖中一线开，青山两岸接沙崖，
水天一色多情意，波浪心花共涌来。

（二）

清波回绕大孤山，绿树葱茏映碧天。
快艇轻分人字浪，风吹银发忘衰年。

（三）

沙崖无路石无阶，奋力攀登乐满怀；
苏老如牛我亦壮[①]，倒骑歪树效童孩。

（四）

湖平浪细乐休闲，绿岸红楼艳阳天。
遥望毛公兴梦幻[②]，近闻八女抗倭奸[③]。

（二〇〇一年七月十五日）

【注】

① 苏老名力，当时任黑龙江省文管会主任。
② 毛公指远望一个山头如毛泽东仰卧之睡姿。
③ 八女，指东北抗联八女投江的英雄故事。

江 苏

周庄颂

（一）

油菜花开片片金，红桃翠柳满湖滨。
小桥流水民居古，通向全球第一村。

（二）

河道纵横多画船，家家傍水石桥连。
威尼斯又东方现，四海游人新乐园。

（一九九九年四月十一日）

游金山寺

春阳斜照观澜亭，柳下碑残瘗鹤雄。
人若有情心不老，金山顶上话乾隆。

（一九八三年三月十一日作于镇江）

游南京夫子庙

秦淮彩艇镜中行，店铺家家蜡烛明。
四海游人肩并踵，今时借赏旧都情。

（二〇〇一年五月二十一日）

访李香君故居

秦淮河畔故居深，相爱青楼天下闻。
斩断情丝明大义，忠贞名妓是香君。

（二〇〇一年五月二十一日）

连云港纪游

（一）

艺产金猴孙悟空，降妖百战显神通。
今凭欧亚金光道，都会繁荣理想中。

（二）

花果满山野味香，湖平竹翠好风光。
水帘洞忆西游记，怪异神奇义理昌。

（二〇〇六年十月十三日）

浙 江

灵隐寺香火

巨炉香满烛台高，烟雾腾空火舌摇。
佛像座前长跪拜，功德箱里竞投钞。

（一九八七年五月十三日）

梵音洞所见

波涛拍岸梵音新，仙洞清幽远世尘。
善信频凝虔敬目，默求菩萨现金身。

（一九八七年五月十七日）

游灵岩寺①

奇峰阅尽数灵岩，天柱称雄屏障南。
古木阴阴人意爽，仰观独秀入云岚。

（一九八七年五月二十一日）

【注】

① 灵岩寺位于雁荡山中。天柱、屏障、独秀皆峰名。

夜观合掌峰[1]

观音合掌祈尘世，情侣洗心长爱忆。
牛女寂寥夜夜思，夫妻如此共朝夕。

（一九八七年五月二十一日）

【注】

① 合掌峰为雁荡山胜景之一。夜间观峰，状如男女二人相依，故亦称夫妻峰。峰下有观音洞和洗心泉。

中折瀑

岩瓮清幽一道天，飞泉百丈落潭间。
近如喜降倾盆雨，远似柳花舞暮烟。

（一九八七年五月二十一日）

游江心屿

一到江心远世嚣，塔峰双向伴渔樵。
文公祠畔观书画，诗意闲情共碧霄。

（一九八七年五月二十二日）

游冰壶洞

震耳雷鸣石洞中，如花飞瀑变银龙。
倒垂佛手人人爱，漫舞蝙蝠引客惊。

（一九八七年五月二十四日）

游双龙洞

双龙洞口飞双龙，卧入龙宫舟慢行。
帐外雄龟长嗜睡，捧桃老者寿高星。

（一九八七年五月二十四日）

江岸初见

轻舟缓荡慢推移，闪烁清波可数鱼。
大网急收鱼暴跳，渔翁含笑展双眉。

（一九九一年十月三十一日）

七 潨 瀑

地拔奇峰升碧落，天垂白练入清潭；
涧林郁郁添幽趣，溪水淙淙伴夕岚。

（一九九一年十月三十一日）

岩下库

神斧阔山天洞开，两山壁立翠如堆。
夏圭皴法李唐彩，瀑布如飞山上来。

（一九九一年十月三十一日）

陶公洞

古洞幽深别有天，善男信女竞求签。
香烟袅袅烛焰烈，未解陶公可谓然。

（一九九一年十月三十一日）

双笋峰

万仞高山造物功，双峰似箭射苍穹。
舟轻水碧人如醉，倒影迷离梦境中。

（一九九一年十一月一日）

乘竹筏游楠溪江

秋阳斜照楠溪游，竹筏悠悠碧液浮。
不尽滩林无限美，诗情缕缕上心头。

（一九九一年十一月三日）

宁波、舟山纪游

冒雨游北仑港

夏雨霏霏起海涛，巨轮侧畔吊车高。
及时装卸及时运，深水码头堪自豪。

（一九九三年七月一十九日）

看岙山石油中转码头

港深水静塔齐云，管道纵横油罐新。
随卸随装速转运，招来万国大油轮。

（一九九三年七月二十日）

白山头

万仞青山翠色匀，山头奇石伴飞云。
亭边卧虎逗人语，千丈崖牵游子魂。

南 沙

三面环山习习风，滩平沙细浪从容。
天然浴场资源好，开发旅游效益丰。

游普济寺

圆通殿广磬声和，圣地名高僧众多。
善信如潮香火盛，素餐不复蟹鱼鹅。

（一九七三年七月二十三日）

潮音洞

岸石嶙峋洞穴深，波涛拍洞奏鸣琴。
高潮巨响声声壮，宛若千军战鼓频。

（一九九三年七月二十四日）

梵音洞

满地黄花雨细淋，海边岩洞气萧森。
善男信女频凝目，欲现慈悲观世音。

游佛顶山与慧济寺

松林似海白云浓，慧济香高火舌红。
佛顶刀劈鹅耳枥①，大千造化胜神功。

（一九九三年七月二十四日）

【注】

① 佛顶即佛顶山；刀劈指刀劈石；鹅耳枥系一种树身及枝桠连续一分为二的树。刀劈石及鹅耳枥，皆慧济寺侧之景点。

磐陀石

天生巨石半空悬，似坠根深实若磐。
游子竞相留倩影，只缘境险却平川。

（一九九三年七月二十五日）

大沙岙海滨浴场即兴

沙细滩平柔似泥，横行小蟹绣花枝。
龙盘虎踞霏霏雨，恰是闲身入浴时。

（一九九五年十一月六日）

登大瞿岛①

山花满径鸟啁啁，一片香樟掩翠楼。
响雪亭前昂首立，波涛万顷望中收。

（一九九五年十一月六日）

【注】

① 大瞿岛位于温州郊区，约2.3平方公里，海拔230米，响雪亭在山之巅。

游深箩漈[1]

竹城侧畔翠屏岚，飞瀑银花入碧潭。
闲坐小楼敲韵句，如临仙境美而甘。

（一九九五年十月三十一日）

【注】
① 深箩漈为温州泽雅镇七瀑涧景区之第一景。

西湖纪游

盛世西湖五月中，红男绿女竞留踪。
银钱漫撒水莲叶，戏卜佳期盼运通。

（一九九六年五月十二日）

花港观鱼

湖面鱼群聚且欢，只缘香饵可多餐。
余观赏后乐中悟，不只生民食为天。

（二〇〇〇年五月十二日）

天台山纪游

2001年5月16日至19日，出席“新世纪天台山唐诗之路诗词笔会”。其间，与会者畅游天台山并进行诗词创作。我已是八十衰翁，有些景点未能亲临。仅就有限感受，杂吟如下。

（一）

绿林夹道上天台，骚客飞车一字排。
雾霭沉沉湖水静，赤城古塔逗诗怀。

（二）

虬蟠老树吐花妍，宛若天仙降世间。
偕友花前留倩影，衰翁长乐寿长添。

（三）

杪椤成片绽红花，苍翠松林云雾茶。
山径清幽神气爽，飘然云外入仙家。

（四）

因爱杜鹃人亦仙，小休茶座笑声喧。
人仙更见花仙美，悄敬香茶意自安。

（五）

松海寺观越千年，佛道名高文路宽。
碑碣如林花似海，天台不愧是仙山。

（六）

京华远道访天台，幸赖诗词笔阵开。
醉赏花诗游兴烈，仙山何日得重来。

（二〇〇一年五月十九日）

安徽

参观新四军军部旧址

血沃中华将士心，茂林一忆泪沾襟。
今开四化新天地，告慰英灵共畅吟。

（一九八五年十一月十六日）

黄山纪游

登黄山

攀上黄山阶八千。松涛起处气森然。
登临绝顶惊回首，脚下远山小似拳。

始信峰

始信高峰入碧天，众峰环立万松间。
茫茫云海迎朝日，伊独傲然笑远山。

莲花峰

莲花高耸入青云，遍体松石美若鳞。
惊叹神来造化笔，尽销游子爱山魂。

奇 石

梦笔生花巨石飞，猴观松海鹊登梅。
宛然如入神仙境，游侣声声赞石奇。

山 路

崎岖山路上云天，百步云梯步步艰；
最数鳌鱼嘴下路，峰高坡陡眩深渊。

松

(一)

彬彬迎客玉屏松，翠袖轻舒笑意浓。
为有画师留倩影，京华长与国宾逢。

(二)

虎头龙爪尽佳松，干挺枝横顶若蓬；
生性傲霜犹劲健，南山不老株株荣。

(三)

我爱真松胜画松，只缘松乃画之宗；
黄山今见松千树，皆可为师正画风。

屯 溪

新安江水映斜阳，桥畔捣衣村妇忙。
古镇老街千载店，教人不忘旧时光。

（一九八五年十一月）

西递村即兴[①]

桃花源里民居殊[②]，木刻石雕太守书[③]。
忍把孩提丢出去[④]，经商自古富民途。

（一九九二年七月二十三日）

【注】

① 西递村属安徽黟县。该村以古代民居著称，有950年历史，明清建筑成片，为省重点文物保护单位。

② 西递村风光佳胜，有桃花源之称。

③ 太守书，指当地名书法家、太守黄元治所书之题壁《醉翁亭记》。

④ 历史上，西递村民外出经商者多，比较富足。有民谚云："前世不修，生在徽州，十三四岁，往外一丢（指外出闯江湖作生意）"。

凤凰松

老干虬枝千年翁，凤凰展翅是其形。
万千游客竞留影，人寿共期若此松。

（一九九二八月三日）

观祇园寺僧作佛事

经鼓声声钟馨和，众僧齐念祝福歌。
如今佛事皆收费，信女善男费张罗。

（一九九二八月三日）

咏九华山

轻车左右旋，飞上九华山。
松竹绿山衣，庙墙红牡丹。
天台高万仞，　百岩半空悬。
重修地藏寺，十王殿森严。
化城多文物，佛事看祇园。
香火袅袅处，游人尽半仙。

（一九九二八月五日）

亳州三咏

曹操运兵道

暗行地道布疑兵，以少胜多得战功。
大略雄才曹孟德，终承汉统独称雄。

（一九九八年十月十五日）

华祖庵

五禽戏乃健身功，导引寿康如劲松。
免痛发明麻沸散，外科今古尽为宗。

（一九九八年十月十五日）

药材市场

神医毕竟故乡殊，盛产药材称药都。
十里药香飘万里，广开贸易富民途。

（一九九八年十月十五日）

福 建

武夷山纪游

（一）

丹崖高耸入云天，满目杜鹃分外妍。
一线天奇偏路险，衰翁浩叹羡青年。

（二）

峭壁连绵多美石，摩崖施艺最相宜。
倘能巧刻诗书画，雄伟碑廊世称奇。

（三）

一代词宗出武夷，今宵名句恋情痴。
尤长俚语新声细，赢得井边唱柳词。

（四）

茫茫绿野傍丹山，世界双遗节日欢[①]。
华夏文明传万里，旗飘乐奏鸽飞天。

（二〇〇一年四月十二日—十四日）

【注】

① 武夷山被联合国授予世界自然遗产与世界文化遗产称号，简称双遗。第一届中国武夷山世界遗产节于4月12日举行开幕式。

江 西

庐山杂咏

1986 年 7 月间，避暑庐山。庐山亦称匡庐，是我国著名风景区，向有“匡庐奇秀甲天下”之说。

归途遇雨

菊香松翠彩蝶飞，练罢晨操信步归。
蓦地云腾飘细雨，驱除炎热乐湿衣。

（一九八六年七月十八日）

游仙人洞

仙人洞侧浴松风，观庙亭前望彩虹。
行至导师吟咏处，林幽路险竞留踪。

云雨多变

庐山的天气有点像小孩儿的脸，变化无常，或哭或笑，都好看的。

薄雾轻飞聚是云，半晴云海瀑成群。
峰峦苍翠隐还现，转瞬天低雨细匀。

（一九八六年七月二十二日）

八角楼

路险云低众惑惶，红旗多久费思量。
伟人遥见黎明色，八角楼中著巨章。

（一九九二年十一月二十六日）

访郁孤台

忧国忠魂人敬之，郁孤台上颂辛词。
青山岂可遮流水，今日鹧鸪自在啼。

（一九九九年十一月十日）

红　井

掘井为人民，人民忠义存。
同心干革命，跟定掘井人。

（一九九九年十一月十一日）

黄洋界哨口

壁垒森严遗址存，恍若敌我战犹频。
炮中敌酋忽夜遁，毛词丽句倍传神。

（一九九九年十一月）

龙虎山

龙虎山形怪且奇，不生草木绣苔衣。
壁纹抽象西洋画，洞口悬棺考古谜。
百态千姿随境变，波光云影伴舟移。
登临仙女岩凝目，生殖图腾嵌壁齐。

（一九九九年十一月）

游石钟山

石钟山上喜留踪，星砚黄书翰墨情[1]。
重解东坡游记理，深知多问是先生。

（一九九九年十一月）

【注】

① 星砚指星子县制作的金星砚；黄书指黄庭坚书法之碑刻拓片。

含鄱口

含鄱口上绕青松，隐现群山云雾中。
五老峰头贤哲像，教人思远气如虹。

（一九九九年十一月十七日）

游泸溪江

轻舟缓入画图中，两岸春林刺碧空。
苍翠群山皆壁立，斧皴法似宋时风。

（一九九四年四月一日—三日）

去上清道中

雾霭沉沉走上清，满车诗语并歌声。
青松夹道黄花秀，预报仙岩美万层。

（一九九四年四月四日）

登新滕王阁[①]

(一)

高阁兰宫盛饯行，王郎一序普天名[②]。
沧桑千载成陈迹，重建旅游忆古情。

(二)

一介书生稀世才，诗情横溢青云怀。
文章灿烂绝千古，溺死弱冠诚可哀。

（三）

巍巍雄峙赣江边，赤柱层檐阁翼然。
万里晴空垂落日，半江霞影半江船。

（四）

攀登新阁入云端，心系八一井冈山。
大好江山逢盛世，倍思古圣与先贤。

（一九八八年十二月一日）

【注】

① 滕王阁故址，在今江西南昌市附近，是唐高宗的儿子滕王李元婴任洪州都督时修建的。洪州即今之南昌。滕王阁早已不存，为发展旅游事业，江西省予以重建。

② 王勃（公元649—676年），字子安，绛州龙门（今山西河津县）人。他是初唐一位才华出众的诗人，和杨炯、卢照邻、骆宾王并称文坛四杰。因渡海溺水，惊悸而死，年方二十八岁。《滕王阁序》是其名作。滕王阁也因此而名扬遐迩。

山 东

登泰山

飞攀万仞通天路，登临绝顶天外住。
雾雨云风日不出，英雄一笑群山慕。

（一九八〇年九月二十五日）

观文峰山刻石①

北朝碑版始云峰，郑道昭书朴拙雄②。
一代文宗师万代，文明今世奏奇功。

（一九八六年十月十一日）

【注】

① 文峰山在山东掖县城东南，风光秀丽，颇多刻石。

② 郑道昭，北魏书法家。少而好学，博览群书，称“一代文宗”。

观《天豪石雕艺术作品展览》[①]

因材施艺艺思奇，古雅竞呈书画姿。
且喜此雕前景远，不竭卵石尽珠玑。

（一九八七年七月七日）

【注】

① 天豪，原名陈宗斌，当代青年美术家，淄博市青年美协副主席，他以河卵石因材施艺，雕以诗、书、画，古朴典雅，富有民族特色。

乘缆车再登泰山

如生双翼入长空，树海云山足下踪。
缓步乘风登极顶，悠然四望我为峰。

（一九九〇年五月二十五日）

游太清宫

林木阴阴古刹中，香烟袅袅驻游踪。
问君香火为何盛，因信崂山道士功。

（一九九〇年七月十二日）

观泰山碑林

龙蛇入石石生花，织就风雷并彩霞。
从此泰山添一景，碑林深处看中华。

咏乐陵小枣节

枣乡欣起振兴风，鞭炮喧天旗蔽空。
众客齐夸丰产景，金丝永是枣中雄。

（一九九一年九月一日）

金丝小枣之歌

乐陵小枣，名声远扬；
金丝无核，堪称枣王。
鲜时甜脆，干可收藏；
质优味美，任君品尝。
可供酿酒，醇如杜康；
可做糕点，营养精良。
我爱枣乡，无上荣光；
开发前景，小康大康。

（一九九一年九月一日）

游十万亩枣园

枣林无际绿枝低，红果如云丰岁姿。
不负莘莘来客意，百般鲜品任尝之。

（一九九一年九月一日）

瞻仰范公祠得句

甘同天下共忧乐，专利他人分后先。
如此高风光万古，文明勿忘效先贤。

（一九九一年九月五日）

游邹平黄山

飞车乘兴上黄山，柏路弯弯左右旋。
远近山林美似画，湖中落日镜中天。

（一九九一年九月五日）

咏济南

济南胜景醉归途，欲醒还痴若始苏。
犹忆老残名句丽，“一城山色半城湖”。

（一九九四年十二月八日）

咏夏津古园林

（一）

黄河故道遍沙丘，古木虬蟠春意稠。
点将台前频远望，盛开桃李若花州。

（二）

春风轻入古林田，落地梨花雪满园。
片片桃林红似火，纵非天上亦神仙。

（一九九三年四月十五日）

观肥城桃林胜景

（一）

片片红云遮碧山，桃花含笑满林园。
武陵胜景今重现，直教肥城人若仙。

（二）

漫山遍野尽桃林，红雾红云迷煞人。
喜见桃源非梦幻，陶公泉下赞声频。

（一九九七年四月）

博山纪游

博山，位于胶济铁路南侧，盛产煤炭、陶瓷、玻璃。1945年8月，适应日本投降之新形势，地处鲁南之中共山东分局党校立即结业，学员分赴原地区开展工作。我是学员中的渤海区干部，即同许多学员一起，路经博山，奔赴渤海。五十多年后，即1999年5月8日，得机会重游博山。今日之博山已发生巨变。我作为一个抗日老战士，抚今忆昔，不胜感奋。

（一）

抗战八年终凯旋，受降须夺战机先。
速回渤海行千里，首站归程是博山。

（二）

博山日伪刚归降，打扫战场分外忙。
思及新区待解放，归心似箭路嫌长。

（三）

张店博山路始通，煤车乘坐乐融融。
一支烟卷多人吸，“三炮台”堪慰众雄[①]。

（四）

今日博山得再游，煤车满载客车优。
市区繁茂风光美，小顶山头满眼楼。

（五）

市区集市教人怜，花鸟摊连古玩摊。
生活若非真正好，哪来兴致买休闲。

【注】

① “三炮台”乃从新解放城市中得来的机制香烟，为抗日根据地中所无，颇受喜爱。

乳山银滩三咏

（一）

碧海青天映白云，滩平沙细色如银。
风光优美浴场广，致富天然聚宝盆。

（二）

浪花飞舞夏风凉，远海如烟岸石黄。
拾贝人群次第过，松亭静坐敲诗忙。

（三）

避暑优于北戴河，休闲品类自多多。
旅游建设完成日，天下客来共凯歌。

（一九九九年六月二十九日）

莒南纪游

莒南，抗日战争期间，曾是中共山东分局党校所在地。1944年秋，我由渤海区奔赴莒南，参加分局党校的整风学习。日本投降，仍回原地区工作。六十年后重来莒南参观访问，不胜感慨，得诗数首。

（一）

深知党校重修身，千里来求马列魂。
经岁整风思路苦，丹心深省慕完人。

（二）

冒雨飞车寻旧踪，土房不见尽砖庭。
改天换地人欢畅，昔日愁容变笑容。

（三）

六十年前记忆新，草床粗饭整风勤。
丹心自省坚宏志，誓作黄牛效众民。

（二〇〇四年）

石 岛[①]

碧波无际水连天，石岸嶙峋松柏间。
昔日渔村今巨变，高楼栉比彩旗翻。

（二〇〇〇年六月三日）

【注】

① 石岛位于胶东半岛之最东边，黄海之滨。昔为残破渔村，今为大型渔场，港湾中渔船成片。渔民住宅均为楼房。石岛宾馆乃现代化建筑，门前有万国旗帜飘扬。

游趵突泉公园

丝丝垂柳钓流泉，趵突扬波鱼益欢。
泉水清幽泉下静，易安[①]含笑自长眠。

（二〇〇〇年十一月十七日）

【注】

① 宋代女诗人李清照字易安。公园内有李清照纪念馆。

河　南

赞郑州

郑州年鉴嘱题

遗址频添太古情[①]，塔峰永壮中州行[②]。
黄河阅尽沧桑变，岸柳城花今最明。

（一九八九年四月七日）

【注】

① 主要指大河村遗址与郑州商代遗址。

② 指二·七纪念塔，又称双塔，为纪念二七大罢工而建。

登浮天阁

浮天高阁入云霄，极目黄河万里涛。
葱碧山峦连沃野，铁龙一吼过长桥。

（一九八九年四月十七日）

观洛阳牡丹

姚黄魏紫美无涯，千载称雄作国花。
今幸置身花苑里，飘然如入贵妃家。

（一九九〇年四月十六日）

黄河游览区感赋

四海炎黄念母恩，寻根问祖黄河滨。
东流水涤病夫耻，哺育像牵游子魂。

（一九九〇年四月二十二日）

观少林拳

拳打卧牛成一线，如风棍棒如风剑。
传统少林壮士姿，僧俗文武雄且健。

（一九九五年四月十五日）

黄河谣

黄水滔滔阅古今，桑沧屡变叹萧森。
欣逢盛世开新纪，万里江山春景深。

（一九九五年一月四日）

荡舟南湾湖并登鸟岛

千顷碧波万树岛，林幽路静多啼鸟。
纵情遨游入仙山，如此休闲人不老。

（一九九九年五月十九日）

湖 北

观古矿冶遗址[①]

麟麟竖井连坑群，钢绿山前古意存。
干将莫邪今尚在[②]，同书金史大新闻。

（一九八一年十一月）

【注】

① 古矿冶遗址在湖北大冶县城西三公里。

② 干将、莫邪是古代传说中炼铁铸剑的人物。

城陵矶偶吟[①]

白云碧树两悠悠，江水东流迎客舟。
远眺绿堤迷漫处，洞庭波涌岳阳楼。

（一九八八年九月十五日）

【注】

① 城陵矶位于长江南岸，同洞庭湖畔之岳阳市邻近。

西陵峡

千寻峭壁暮云生，江水急湍舟自轻。
两岸猿啼今已杳，只闻人语伴机声。

（一九八八年九月十八日）

游黄梅五祖寺

满山遍野绽红花，五祖寺中芳径斜。
普度众生离苦海，终须极乐问桑麻。

（二〇〇一年四月七日）

三游洞

三游古洞意深沉，历代文人墨迹存。
扩建碑林增效益，文明远播等金银。

（二〇〇二年五月十七日）

金狮洞

古洞金狮景万千，游人步步叹奇观。
倘能扩大知名度，效益双增客满川。

（二〇〇二年五月十七日）

湖 南

在吉首过中秋节

虽在异乡非异客，思亲佳节更思新；
志高不怕征程远，共祝湘西翻大身。

题塔卧革命纪念馆

红色江山血泪凝，脱贫欣见又长征。
菜刀重解新天地，明日湘西必茂荣。

冒雨游天子山

冒雨飞览天子山，峰峦隐现流云间。
雾来望眼全遮蔽，咫尺惟闻笑语喧。

游金鞭溪

（一）

岩峭林幽习习风，高峰次第入苍穹。
始皇投掷金鞭处，花似龙虾耀眼红。

（二）

鬼斧神工削碧峰，纹如钟鼎色如铜。
数峰联袂若城堡，戏问方家考古情。

（三）

壮美山川无限情，湘西踏翠金溪行。
人间胜景张家界，堪做旅游第一程。

（一九八七年十月）

登岳阳楼

悠然信步上名楼，天水茫茫诗意稠。
读罢范公忧乐论，万千黔首满心头。

（一九九二年五月十六日）

游南岳

飞车鸣笛上衡山，路陡弯频左右旋。
夹道松林含雾气，摩天圣殿绕香烟[①]。

（一九九九年三月九日）

【注】

① 圣殿，处于海拔1200米之祝融峰顶。殿名祝融殿，又名老圣殿，以祀祝融火神。

便江游

江雨霏霏江水蓝，飞舟排浪箭离弦。
丹崖壁立松林茂，骚客群游兴未阑。
千年林木万年山，洞若蜂窝丽石间。
缕缕诗情心坎里，湘声吟唱入云天。
两岸丹崖丽且宏，宜书宜画韵无穷。
一朝建得碑廊在，四海游人竞赏评。

（二〇〇〇年三月四日于湖南永兴）

桃花源记游

春意绵绵春雨寒，桃源胜境远尘寰。
渔村夕照凭栏久，万里江天入眼宽。

（二〇〇〇年三月九日）

端午节观常德柳叶湖龙舟赛

柳叶风来缓缓吹，龙舟竞渡显雄威。
屈原魂系龙舟里，歌满湖滨鼓若雷。

重游金鞭溪

金鞭斜雨觅游踪，惟见溪流似旧容。
云绕群峰皆入画，人猴相戏乐衰翁。

参观文家市口占[①]

秋收暴动义旗翻，星火燎原此地先。
先占乡村城市后，欢声雷动到天安。

（二〇〇三年九月十五日）

【注】

① 1927年，毛泽东领导的秋收起义即在文家市首举义旗。

广 东

游西樵山

英雄忍顾相思树，战士欣辞苦怜花。
一线天接云水洞，大同未入已仙家。

（一九八三年三月）

游七星岩[①]

峰陡湖平松倒影，洞幽岩暗舟行冷。
千年石壁竞题诗，惹得游人时醉醒。

（一九八三年三月）

【注】

① 七星岩，又名星湖。在广东肇庆市北郊，由七座陡峭的石灰岩组成，布列北斗七星，故名。其风景似湖岩石洞取得，有“桂林之山，杭州之水”美誉。

② 湖岩洞壁有古今名人题刻。如唐李邕之《端州石室记》，明代俞大猷、岭南屈太均、陈恭尹、梁佩兰以及名画家黎尚等人的诗刻。今人刻石有叶剑英、陈毅等人的诗句。

清远市府大楼眺望

千帆竞发内江滨，绿岸如茵耀白云。
林路曲通峦霭远，悠然我是画中人。

（一九九二年十月）

游飞来寺

飞来古寺聚诗贤，石径清幽笑语喧。
行至普陀绝胜地，奇联妙句共飞泉。

（一九九一年五月二十二日）

游罗浮山

（一）

闻道葛洪已上天，善男信女竞求仙。
岂知科学入新纪，长寿如今不用丹。

（一九九一年五月二十九日）

（二）

林木苍苍有洞天，炼丹炉侧意欣然。
葛洪一去无踪影，导引独留天地间。

（一九九一年五月二十九日）

咏增城荔枝

（一）

荔枝鲜美夏风凉，情系仙姑返故乡。
慨赠绿巾飘绿树，美名挂绿共天长。

（二）

增城挂绿脆甜香，誉满神州作果王。
远胜昔时妃子笑，欣迎四海客来尝。

（一九九六年七月十一日）

（三）

喜摘荔枝今又来，始知挂绿价高抬①。
人间道德孝为首，由是增城财气开。

（二〇〇二年六月二十九日）

【注】

① 增城荔枝中，独株“挂绿”誉满天下，今年挂绿丰收，进入拍场，一颗荔枝可拍至50万元之高价。据云，出此高价者乃香港一企业家，以所得荔枝孝敬父母。

咏阳江荔枝基地

红荔层层压翠枝，云山树海富民基。
果实甜美人同享，不复杨妃啖荔时。

（二〇〇四年六月二十二日）

参观阳江大明奇石馆

琳琅险峻见千山，贵在藏珍咫尺间。
莫笑老夫年已迈，石奇韵美利休闲。

（二〇〇四年六月二十二日）

二次住珠海石景山宾馆

十八年前旧地居，远山近路尚依稀。
高楼满目今非昔，细赏亭花步缓移。

（二〇〇〇年四月二十四日）

四会江滨堤园

江堤巧创几功能：防患休闲商业城；
若建诗墙添一景，精神物质可双赢。

（二〇〇〇年四月）游鼎湖山

鼎湖山上气清凉，古木参天石径长。
喜购端溪三美砚，晚餐倍觉菜肴香。

（二〇〇〇年四月二十五日）

深圳“锦绣中华”

深圳园林巧构思，万千名胜入园奇。
瞬间游遍全中国，锦绣江山游子诗。

（一九九一年五月二十七日）

深圳野生动物园

凶禽猛兽锁林园，佯作回归大自然。
野性全消驯服甚，供人玩耍教人怜。

（一九九一年五月二十一日）

深圳“世界之窗”

金字塔前思旧踪，凯旋门下忆真容。
环游世界瞬间事，万国风情一望中。

（一九九七年二月十三日）

长安镇印象[①]

中华大镇属长安，昔日穷乡不见田。
满目群楼繁盛貌，富民优裕赛神仙。

（二〇〇二年七月二日）

【注】
① 长安镇属东莞市，极其繁华富足。

观珠江夜景

客满江轮若水村，金桥碧树胜阳春。
群楼商贸千般彩，昭告羊城日日新。

（二〇〇六年十一月二十四日）

海 南

海南纪游

海南风光佳胜，兹将多年来去海南工作、游览中所得诗篇，择录如下：

（一）

南国冬披夏日装，奇花异树满庭芳。
如归宾客睡乡里，流水鸣蛙教梦长。

（二）

碧海轻舟水上飞，椰林深处酒旗挥。
龙虾赤蟹味殊美，畅饮开怀不欲归。

（一九九二年四月三日）

（三）

茫茫大海浪飞花，巨石嶙峋映海霞。
海角频频留倩影，天涯心系大中华。

（四）

驱车直上鹿回头，三亚海湾眼底收。
遥望南天无尽意，野烟暮雾自沉浮。

（五）

猎夫逐鹿鹿回头，化作村姑美带羞。
喜结鸾俦留倩影，迷人佳话足千秋。

（二〇〇一年十一月十七日）

（六）

终年葱碧好风光，遍地椰林蕉荔香。
五指风情通什韵，相思树下忆红娘[①]。

【注】
① 红娘，指红色娘子军。

（七）

珍稀怪异自天然，万木参天品类全。
漫步林荫餐野趣，时开眼界叹奇观。

（八）

农工命脉仰松涛，山绿波清物产饶。
满艇歌潮诗浪里，骚人竞咏乐陶陶。

（九）

比照昔时旧旅程，盛衰今夕自分明。
特区开放前途远，可与夏威夷并名。

（一九九二年四月二十一日）

广 西

阳 朔

濛濛烟雨洒修竹，秀水奇峰看不足。
阳朔教人永不老，飘然处处是仙都。

（一九六二年十一月二十五日）

漓江吟

碧簪林立秀姿殊，雨细波平凤竹舒。
两岸奇峰成万象，飘然处处若仙都。

（一九九一年十月十九日）

柳侯祠

文章千古一奇才，德政四年亦壮哉。
有益于民民永记，丰碑尤贵逆中来。

（一九九一年十月十九日）

采珠女

萧瑟秋风入海隈，采珠少女笑归来。
桉林任尔择新蚌，幸得珍珠好运来。

（一九九三年十月三十日）

桂平西山纪游

（一）

华南名胜数西山，幽静市廛咫尺间；
四季游人千百万，无烟工业大资源。

（二）

山青林秀石尤奇，泉水沏茶香沁肌。
俏丽西山如倩女，谁人见后不相思。

（三）

巨石高岩曲径斜，宜书石面雅而佳。
征来翰墨精心刻，天下碑林一大家。

（一九九九年十一月二十九日）

开平夜景

潭沧沿岸彩灯明，道道虹桥江面横。
孔雀金龙相伴舞，招人盛赞是开屏[①]。

（二〇〇〇年二月二十五日）

立 园

棕树参天傍紫荆，中西合璧造园精。
从来艺术须交汇，混血新生胜老生。

刑场婚礼赞[①]

革命夫妻假变真，刑场婚礼傲凶神。
雄狮气概鲲鹏志，留得英灵育后人。

（二〇〇〇年二月二十五日）

【注】

① 1928年1月，地下党员周文雍与陈铁军受中共委托，以夫妻名义从事革命活动。不幸被捕，坚贞不屈，惨遭杀害。临行前赋诗明志：“头可断，肢可折，革命精神不可灭。壮士头颅为党落，好汉身躯为群裂”。并慷慨宣告：“让敌人的枪声作为婚礼的礼炮声”。两人傲笑敌人，从容就义。现开平建有周文雍、陈铁军烈士陵园。

四 川

观大足石刻

（一）

大足石刻天下闻，只缘艺术美且真。
今朝利用开发好，文明史上立功勋。

（二）

远在异乡非异客，元旦佳节更销魂。
大足美誉满寰宇，得来亲赏有几人。

（三）

龙岗山前雕像群，远光中古照今人。
唐碑宋塑祖禹字，常教墨客怡心神。

（一九八五年一月一日）

游龙水湖

茫茫雾霭水中天，处处绿洲倒影连。
水鸟迎风栖暮树，游人乘兴弄寒船。

（一九八五年一月）

宝光寺

宝光古刹效张謇[①]，艺术宛如博物馆。
满壁丹青翰墨功，教人心静意清远。

【注】
① 张謇，中国第一个博物馆——南通博物苑的创建者。

都 江 堰

宝 瓶 口

川西沃野数千年，端赖李冰父子贤。
滚滚岷江分内外，清流瓶口灌良田。

伏 龙 观

孽龙深锁伏龙观，岁岁丰收民自安。
人定胜天郡守笑，观前楠树入云端。

二 王 庙

李冰父子新雕像，父若远思子勇壮。
一举伏龙万世功，名垂青史人尊尚。

乌龙寺

山高水碧游思远，林密竹修步履迟。
乌寺园中舒臂肘，青衣庭畔论书棋。

乐山大佛

汇合三水见凌云[①]，雄伟大佛举世尊。
头枕山头足入水，人间阅尽晓同昏。

【注】
① 三水指岷江、青衣江、大渡河。凌云即凌云山。

万年寺[①]

峨眉天下秀，白水秀峨眉。
古刹映松雪，人流山水隈。

（一九九〇年三月三十一日）

【注】
① 万年寺亦称白水寺。

武侯祠

柏树森森掩殿堂，武侯明睿气轩昂。
两廊文武彰忠义，满壁诗书论短长。

（一九八九年）

过巫峡

陡崖耸峙入云天，叠嶂层峦尽吐烟。
茅舍山头时隐现，渔樵朝暮远尘寰。

（一九八八年九月十八日）

神女峰[①]

瑶姬玉立众山巅，助禹功昭万代贤[②]。
朝夕霞晖兼雨露，犹祈福寿降人间。

（一九八八年九月十九日）

【注】

① 神女峰，俗称美人峰，位于长江北岸，巫山十二峰之一。

② 传说神女系西王母二十三女瑶姬的化身，她不仅助大禹治水，疏导三峡水道，让洪水畅通东海，而且有为农民降丰年，为樵夫驱虎豹，为舟旅保平安，为病者种灵芝等懿行，备受百姓称颂。

三苏祠

一代文豪三父子，高标翰墨共风流。
碑廊堪赏祠藏富，我欲从师此久留。

（一九九二年五月十日）

参观三星堆遗址博物馆

（一）

古蜀墓中文物殊，青铜人面世间无。
雄奇怪异属何族？专家百虑仍糊涂。

（二）

馆藏件件是奇珍，八大谜团愁煞人。
单只字图如破译，神州历史必前伸。

（一九九九年一月二十二日成都）

云 南

石林颂①

(一)

我爱石林胜木林，拟人造物寄思深。
丽姝最数阿诗玛，暮雨轻舒少女心。

(二)

我爱石林胜木林，石峰高耸洞穴深。
一池秋水明如镜，剑影成双叠翠云。

(三)

我爱石林胜木林，洞幽径曲气萧森。
攀缘穿越迷宫里，胜过苏州狮子林。

(四)

我爱石林胜木林，望峰亭上荡心神。
凭栏远眺全林景，满目群峰刺彩云。

（五）

我爱石林胜木林，奇岩秀石世难寻。
旅游开发前程远，天下人争看石林。

（一九八四年十月九日）

【注】

① 石林，在云南路南彝族自治县内，面积40余万亩。形成于古生代，是发育典型的岩溶地貌，是全国著名的旅游胜地。

思茅至景洪途中

山青草碧花千里，涧静林幽路百旋。
任取一方移北国，莘莘游侣竞来观。

（一九八五年十一月一日）

蝴蝶泉[①]

合欢枝柔碧泉清，未见蝴蝶梦已成。
待到垂珠蝶会日，万千佳侣共歌情。

【注】

① 蝴蝶泉在云南大理城北苍山云弄峰之麓。每届农历四月，万千只蝴蝶汇聚于此，翩跹飞舞，多连须钩足，由合欢林上，倒悬而下，有如串珠，垂至水面。其时游人如蚁，青年男女盛装对歌。

乘舟游洱海观苍山[①]

苍山半隐云生衣，玉带蓝裳淑女姿。
云际天空碧似海，也如洱海荡涟漪。

（一九八五年一月十九日）

【注】

① 苍山在云南大理洱海一侧，山势雄伟，横峙如屏，山顶终年积雪。大理风光旖旎，实由苍山洱海点缀而成。

游建水太庙

一泓碧水荡文澜，学海轻舟任往还。
四化今犹待苦度，大同还赖敬先贤。

（一九九一年五月三十一日）

观哈尼族彝族歌舞

鼓声高，舞步雄，刀光拳影武人风。
阿哥阿妹双跳月，月上柳梢意转浓。

（一九九一年六月一日）

游燕子洞

鬼斧神工开洞天，万千岩象蔚奇观。
平生得作来游客，俗子凡夫亦半仙。

（一九九一年六月二日）

古 榕

谁云孤木不成林，要在气根入土深。
瑞丽独榕堪作证，绿荫十亩冷森森。

（一九九一年六月）

贵 州

游㵘阳河

(一)

峭壁千寻翠竹新，山洞清幽近水滨。
三股细流青苔出，半成飞瀑半烟云。

(二)

环抱青山湖水丰，湖湖相异路曲通。
奇峰秀水看不足，百转千回画屏中。

（一九八四年十一月四日）

陕西

茂陵[1]

五陵原上暮云飞，畅看茂陵人忘回。
最喜石雕大写意，古今中外独称魁。

（一九八三年十二月二十八日）

【注】
① 茂陵，即汉武帝刘彻墓。位于陕西兴平县城东。

昭陵[1]

雄才雄业并雄风，石刻昭昭意更雄。
蛇舞龙飞神六骏，莘莘墨客叹殊功。

（一九八三年十二月二十八日）

【注】
① 昭陵，是唐太宗李世民的陵墓。在陕西礼泉县城东北 22 公里的九嵕山上。

乾 陵[1]

冬日梁山浴北风，萧萧神道达陵宫。
碑身无字自玄妙[2]，巾帼难能此俊雄。

（一九八三年十二月二十八日）

【注】

① 乾陵，是唐高宗李治与女皇武则天的合葬墓。位于陕西乾县城北梁山上。

② 指陵前高达 6.3 米的《无字碑》幢。

观蓝田猿人遗址[1]

公主岭下猿人踪，始证祖先直立功。
不愧炎黄崇进化，神州今日气如虹。

（一九八五年十二月八日）

【注】

① 蓝田猿人遗址，在陕西蓝田县陈家窝村与公主岭。1963 — 1966 年在此地发现猿人下颌骨与头盖骨化石，命名为蓝田中国猿人，蓝田直立人，或简称为蓝田人。公主岭猿人距今约 98 ～ 100 万年。

听西安鼓乐[1]

清扬激越鼓声沉，仙乐飘飘唐遗音。
莫道民间文化浅，深藏古韵效当今。

（一九八七年六月十七日）

【注】

① 西安鼓乐是流传在西安地区的民间古典音乐。它曲目丰富，结构完整，保有唐代音乐之特色，是考察研究中国古乐的珍贵资料。

观兵马俑

祖龙帝业欲长存，军阵威严见野魂。
世界八奇惊万国，旅游开发富今民。

（二〇〇〇年九月八日）

甘 肃

兰州偶吟

群山初碧抱金城，九曲黄河耀眼明。
日照五泉楼阁里，琳琅书画美心灵。

（一九九九年三月十五日）

鸣沙山与月牙泉

沙山环抱月牙泉，风断沙山沙上旋。
新月高悬泉落影，双双弯月蔚奇观。

（一九九九年三月十五日）

响沙湾

百丈沙坡横碧空，万千游客竞攀登；
能人下滑如飞燕，热似蒸笼响似钟。

（一九九九年七月二十日）

从阿波罗宾馆窗口看兰州

黄河静静向东流，夹岸林荫情侣稠。
远眺青山蒙淡雾，近观绿地耸高楼。

（二〇〇〇年九月十三日）

宁 夏

沙 湖

碧水澄清似镜平，丛丛芦苇镜中生。
白洋淀里英雄汉，来此也能作雁翎[①]。

（一九九四年八月二十四日）

【注】

① 雁翎是当年冀中抗日根据地中一支游击队的番号。该游击队利用白洋淀的芦苇丛作掩护打击日寇，屡立战功。

沙坡头

中卫黄河绿柳边，沙坡似海岸青天。
游人笑语斜阳里，上得沙橇飞若仙。

（一九九四年八月二十七日）

观贺兰山岩画

贺兰岩画满山隈，恍见先民放牧回。
万载悠悠荆棘路，换来雪雨共春雷。

（一九九四年八月二十九日）

银川偶吟

一条街，一座楼，一个警察看两头[①]。
今日高楼成了片，老街新市任遨游。

（一九九四年八月下旬）

【注】

① 这两句是旧时歌谣，极言银川之狭小落后。

新疆

游天池

（一）

瑶池玉液碧涟漪，天际雪峰耀眼迷。
王母若非来入浴，莘莘游子欲归迟。

（二）

参天松柏遍山峦，缕缕炊烟暖暮寒。
归路羊群如片雪，毡房牧女逗婴男。

（一九九〇年九月十六日）

由乌鲁木齐飞喀什途中

晚霞一抹挂天边，落日熔金耀大千。
峰雪似云云似雪，高空飘逸若飞仙。

（一九九〇年九月十八日）

香妃墓[①]

息戈大义耀千秋，满维和亲益九州。
今日九州新世纪，香妃香满万山头。

（一九九〇年九月二十日）

【注】

① 香妃墓在喀什市郊。据导游人员介绍，乾隆年间，清军曾被新疆当时之反清武装包围，为维吾尔族香妃之父率领亲清一派武装解围，实行和亲，维满结盟。香妃力主和亲，深受乾隆皇帝之宠爱，进宫为妃。

赞巴州香梨[①]

香梨美誉满神州，国宴增光友谊留[②]。
宜种新田皆种此，小康定上大康楼。

（一九九八年七月二十八日）

【注】

① 香梨系异花授粉，香甜可口，落地即碎，传说即《西游记》中之人参果。香梨宜种面积100万亩。今后如扩种到50万亩，全国每人可吃到300克香梨。

游博斯腾湖

蓝天似海海飞云，万顷博湖绿水深。
极目水天交汇处，天山隐隐入苍林。

（一九九八年七月三十日）

记花园农场[1]

农场巧建若花园，招展红旗喷万泉。
待客林荫瓜与果，蟠桃累累兆丰年。

（一九九八年八月三日）

【注】
① 花园农场乃新疆石河子农八师军垦农场之一。

歌音乐喷泉广场[1]

声振喷泉泉振声，泉流万变乐章中。
广场响彻名歌曲，兴起休闲舞蹈风。

（一九九八年八月三日）

【注】
① 音乐喷泉广场位于石河子市中心，乃全市人民之休闲胜地。

火焰山

红岩喷火日烧山，热似蒸笼汗似泉。
此景此情曾得见，《西游记》是导游员。

（一九九八年八月七日）

葡萄沟

天山雪水入长渠，两岸葡萄满绿枝。
岁岁丰收时节里，客商游子共来栖。

（一九九八年八月七日）

游菊花台

无际草原绿海洋，黄花片片溢芳香。
毡房席地尝酸酪，骑手逞能纵马缰。

（一九九八年八月八日）

游红山公园

（并序）

红山公园位于乌鲁木齐市中心。原是荒山丘。本世纪七十年代，乌鲁木齐市共青团组织青年与全市人民一起进行义务劳动，植树造林，建立公园。因无水源，林木屡植屡枯，劳而无功。此事得到乌鲁木齐市党政领导的重视和支持，采取提取河水和科学利用污水等方法，解决了缺水问题，使绿化和建园理想终于实现。现公园林木参天，景点多处，已成为乌鲁木齐全市人民和过往客人的休闲胜地。全国政协老干部学习参观团来此游览，深受感动。余因作歌以记之。

劳动最光荣，青年打先锋，
荒丘植绿树，义务献忠诚。
梦想建公园，闹市得清风。
困难是缺水，无水梦不成。
树苗屡枯死，愁煞小愚公。
忠诚感“上帝”，党政计策灵：
科学用污水，河水也提升。
水是生物命，有水林木丰。
可敬愚公志，公园终建成。
昔日荒山丘，今日郁葱葱。
乌市添胜景，终年满游踪。

（一九九八年八月四日于乌鲁木齐）

青 海

观青海鸟岛

(一)

夜风寒彻飞车早，青海湖心观鸟岛。
片片丘陵荒草中，成群老雁孵新鸟。

(二)

水禽谁道不知情，双雁辛勤共育婴。
待得乳雏能展翅，同飞南国远寒冰。

（一九八三年四月）

出访篇

法 国

访法途中

夕别红都上九霄，繁星万点起心潮。
地球有病皆缘霸，喜架中法友谊桥。

（一九七五年冬）

布列斯特地区

布列斯特景色新，丝丝暮雨润秋林。
万千画面摄难尽，但取小诗寄远人。

罗马尼亚

我于1977年8月9日率人民日报代表团赴罗马尼亚作友好访问，计三周，于9月11日返京。访问期间，成诗几首，抄之如下。

飞罗马尼亚途中

王母轻撒万顷棉，中罗情深一线牵。
此去友邦庆双喜，不见蟠桃亦神仙。

过罗中社[①]

途过罗中社，鲜花锦若云。
晤谈只一瞬，可贵友情真。

【注】

① 罗中农业生产合作社位于布加勒斯特与康斯坦萨之间。

康斯坦萨即兴[①]

夜宿黑海边，涛声催人眠。
醒来何所见？游侣满堤岸。

（一九七七年八月）

【注】

① 康斯坦萨是罗马尼亚滨海城市。

布拉索夫索道

入地又飞天，心潮起巨澜。
知音无国界，共促赤坤乾。

席间戏语

好酒不是水，好人不是鬼。
人民结深谊，霸者气必馁。

波　兰

奥斯维辛集中营

杀人魔鬼世难容，人性全无尽兽行。
消灭法西斯务尽，人间方可得安宁。

朝 鲜

车过鸭绿江

江涛饮恨羞，悲愤向东流。
淌血残桥在，中朝共友仇。

（一九八〇年十月）

游万景台

（一）

万景台中暗复明，大同风雨育英雄。
燎原星火三千里，崛起东邻气若虹。

（二）

万景峰巅有万景，大同江结大同朋。
人民领袖人民爱，领袖人民共辱荣。

（一九八〇年十一月十二日）

妙香山

妙香初飞雪，山林似国画。
青天勾轮廓，白雪映枝杈。
浓笔抹层林，淡墨描古刹。
普贤塔入云，礼品桥连坝。
写意称妙手，诗情盖华夏。
可惜无跋款，我来凑闲话。

（一九八〇年十一月十五日）

开城吟

统一从来由此始，而今南北苦分离。
联邦宏愿万心系，骨肉相亲待几时？

（一九八〇年十一月二十三日）

观朴渊瀑布

1980 年 11 月，游朝鲜八景之一——朴渊瀑布，得一故事云：古时，一朝鲜青年，名朴渊，善吹箫，箫声悠扬清越，引得龙女出水，与之相爱，终成眷属，相偕没入龙潭。其慈母赶来，觅朴渊不见，悲痛欲绝，泪成瀑布。余以为，朴渊既为爱子，又得佳偶，其母自当欢欣若狂，而决无悲痛欲绝之理。成瀑布者，盖喜泪也。因得拙吟如下，一笑。

泛槎亭下傍流泉，龙女听箫起爱澜。
泪洗娘心成瀑布，朴郎偕女入龙潭。

（一九八〇年十一月）

日 本

1981年3月间，余率中国文物代表团应约出席在日本展出的中山王墓出土文物开幕。1985年8月间作为书法家第二次应约访日。两次之参观游览中得诗句如下。

赠圆城寺[①]

富士山头雪景奇，箱根共赏碧涟漪。
一衣带水情无限，友谊相交叹恨迟。

（一九八一年三月二十三日于日本箱根）

【注】

① 圆城寺，为日本友人，《经济新闻》顾问。余访日时，他全程作陪。

② 箱根湖位于富士山下，乃日本之著名风景区。

长崎和平公园感赋[①]

蘑菇云起战云消，赞赏和平万国雕。
慈母怀婴责战乱，村姑振臂唱鸽谣。
五湖四海皆兄弟，古往今来颂舜尧。
愿化金戈成玉帛，全球盛世乐陶陶。

（一九八五年八月）

【注】

① 为纪念广岛、长崎原子弹爆炸事件，日本长崎市内建有和平公园，园内设置日、中、苏、波、捷、匈等国反对侵略，保卫和平的石雕像多座。

长崎餐馆偶吟

一片汪洋傍酒家，生吃鱼蟹活吃虾。
举杯宾主频相祝，中日长开友谊花。

（一九八五年八月二日于长崎滨海餐馆）

桂离宫[①]

红梅古苑绽新春，树影月波怡客神。
国异情深通笑意，共说中日几文人。

（一九八五年）

【注】

① 桂离宫系日本京都的古皇家公园。月波亭乃园中一景。

赠西日本新闻社[①]

书道同源情更赊，两家联展尽名家。
艺精道广无涯际，笑令和平遍发花。

【注】

① 1985 年 8 月，日本长崎市华侨孔子庙博物馆与西日本新闻社联合举办书法展览。余应约参加评选展品，吟得此诗，并书赠西日本新闻社。

观长崎夜景

无边灯火万家明，满目银星无限情。
车箭人流呈胜景，双双游侣笑声浓。

（一九八五年八月）

赠长崎孔子庙中国历代博物馆

历代遗存世所稀，东来贤圣入长崎。
异乡心系祖先业，慈母线牵游子衣。
自古炎黄尚礼义，于今华夏重相知。
一衣带水临邦里，友好和平共奠基。

（一九八五年八月五日作于福冈之西铁宾馆）

题赠紫砂壶收藏家老华侨叶菊华先生[①]

紫砂似玉润如泥，型美艺工句亦奇。
宛若幽香飘阵阵，怡神添寿长福祺。

（一九八五年八月五日）

【注】

① 叶菊华，是日本雄本县华侨总会会长，祖籍福建。他收藏紫砂近七百件，并建有中国回廊美术院。

看阿苏山

阿苏山丰白云低，火口凌霄烟雾迷。
漫步牛群草千里[①]，疾驰车阵路无岐。

（一九八五年八月七日）

【注】

① 草千里，地名，为牧场，有积潭二，如眼镜蛇。

附：

国内接待日本友人五首感日本友人坂本五郎捐赠中国宋代漆盘

霞光熠熠古漆盘，寂寞异邦为友怜。
脉脉情缘衣带水，荣归故里效坤乾。

（一九八二年八月十日）

赠白土吾夫①

一衣带水贵往相连，友好使节尚还。
百次辛劳功且著，谢君愿效酒中仙。

（一九八三年十二月）

【注】

① 白土吾夫，系日中文化交流协会事物局长，长期为促进日中友好和文化交流而奔波，成绩卓著。1983 年 12 月中旬来华第一百次。吟此相庆。

赞东山奎夷

鉴真雕像前，满耳尽涛声。
惊叹东山艺，心系日与中。

【附记】

1983年12月于宴席间得识日本著名画家东山奎夷先生，因忆及1981年春访问奈良唐招提寺时，欣赏其名作《涛声》之情景而得句。

赠圆城寺

富士山头句意新，燕山脚下又逢君。
人间风暴非吾愿，世界和平最可珍。

（一九八三年十二月）

观日本茶道表演[①]

彬彬茶道里千家[②]，寂敬清和伴樱花[③]。
今日京华观此道，倍感带水情无涯[④]。

（一九八六年九月二十九日）

【注】

① 茶道，包含着艺术、宗教、哲学、道德等方面的因素，是日本独特的综合性文化传统之一。

② 里千家，是日本茶道的一个最大的流派，在国内外设立有许多支部，通过介绍茶道，进行国际文化交流。

③ 和敬清寂是日本茶道的根本精神，为十六世纪时之千利休所提倡。樱花是日本国花。

④ 带水指“一衣带水”。

澳大利亚

1981 年 12 月间，我曾率团去澳大利亚办兵马俑展览。

去墨尔本远郊路上

群牛漫步绿原间，公路飞车箭上弦。
日丽云低远树异，南来北客笑声喧。

树 熊

南澳丛林熊似猴，迎风猫卧树枝头。
嗜眠绝饮食桉叶，寂寞平生无夏秋。

观企鹅出海归巢

月昏风冷客如潮，成队企鹅出海涛。
有若轻移绅士步，瞬间次第隐蓬蒿。

（一九八一年十二月二十日）

赠罗法奇女士[1]

远游异国却非客，中澳情深若一家。
圣诞树前飞笑语，频添杯酒话桑麻。

【注】

① 我代表团翻译罗法奇女士，系澳大利亚女画家，曾留学中国美术学院，对中国热情友好。

兵马俑展览[1]

古兵马俑蔚奇观，赞语声声人若山。
若问何来文化热？邦交原本胜邦关。

（一九八一年十二月二十一日）

【注】

① 为祝贺中澳建交十周年，中国秦代兵马俑展览开幕而作。

赴华人黄耀溪家宴[1]

又是同胞又是友，中澳友情加足手。
此行不虚更来日，开怀畅饮千杯酒。

（一九八一年十二月二十三日）

【注】

① 黄耀溪祖籍广东，原为马共。在中国多年，懂中医中药。在华人中为领袖人物之一。对祖国颇有感情。

英 国

高空观日出

并序

1983年7月23日，我率领中国博物馆学会代表团一行5人，由北京机场起飞，赴伦敦参加国际博物馆协会第13届年会。飞机是美造波音747，在万米高空飞行。当飞过沙加，时针指向翌日上午9时左右，飞机之右面天空突然出现彩霞，遂以极大的好奇心，目睹了高空日出的全过程。感奋至极，得成此吟。

云海茫茫见仙山，恰是虚无缥缈间。
一片彩霞横天外，色如朱杏形如带。
赤焰煌煌起中央，光芒万道满天堂。
金日冉冉出地平，皎洁清澈耀眼明。
夜幕顿时隐无踪，晴空万里红彤彤。
曾见山海日出景，远非此刻气象宏。
今朝观日万米上，方知高空出绝唱。

赠韦菲德博士[①]

珍藏书画皆兄弟，异国情深艺苑中。
待将大同世界日，全球书画先大同。

【注】

① 韦菲德为大英博物馆东方部副主任。余观赏大英博物馆书画后题赠此诗。

赞罗森夫人[①]

友邦万里有雷锋，国际友情真且诚。
忘我工作忙待客，骨折忍痛尚从容。

【注】

① 罗森夫人系大英博物馆文物专家，同中国真诚友好。国际博物馆协会在伦敦举行第13届年会期间，她热情帮助中国代表团校阅打印英文讲稿，安排并陪同参观伦敦诸博物馆，不慎脚骨跌伤，仍忍痛坚持工作，令人感动。

约克城

塔尖堡壮街衢明，细雨霏霏不夜城。
博物馆连博物馆，游人络绎车若龙。

兰斯特[1]

断垣残壁古罗马，文物馆藏多且佳。
入馆常年人络绎，文明圣地实堪夸。

【注】

① 兰斯特城35万人口，有14个博物馆，堪称文明圣地。

威廉豪士博物馆[1]

不分肤色讲平等，解放黑奴是俊雄。
可贵精神传世久，黑人此地气如虹。

【注】

① 该博物馆位于哈城。威廉豪士被称为解放黑奴的英雄。

去爱丁堡路上

茂草铺遍丘树间，牛羊食草牧人闲。
沿途皆道风光好，似箭轻车飞绿原。

爱丁堡

一座古城堡，巍巍入碧霄。
楼墙黑若碳，酷似火山烧。

美 国

明轩颂[①]

（一）

友情如火力如山，园林遥构姊妹篇。
万水千山何所惧，网师洲际结明轩。

（二）

逢春古苑惹人怜，明月清风不用钱。
寄语全球游历客，纽约可见网师园。

（一九八一年六月十一日于纽约）

【注】

① 1981 年夏，美国纽约大都会艺术博物馆，以 300 万美金将中国苏州网师园之一角，复制于其博物馆内，命名“明轩”，供游人观赏。我应邀出席其落成典礼吟此。

埃 及

开罗晨操

尼罗河畔曙光寒，天水茫茫灯影繁。
鸟语声停分外静，尘嚣隐隐起天边。

（一九九三年一月六日于开罗子午线饭店）

参观埃及十月战争纪念馆[①]

无情炮火亦多情，失地重光家国荣。
正义原应归胜利，人间方可有和平。

（一九九三年一月七日）

【注】

① 十月战争发生于1973年10月，埃军取得突破以色列防线的胜利。

开罗印象

尼罗河抱开罗城，风细天高雾色浓。
路网桥叠车似蚁，楼群巧绘古今情。

金字塔

夕阳斜照彩驼新，金字塔尖傍晚云。
人面狮身留倩影，未知人面指何人。

（一九九三年月一月八日）

游尼罗河

盛世欣逢友谊潮，尼罗河上任逍遥。
天高日丽青云走，客远舟轻碧水摇。
神庙观雕知古意，岸林赏树羡春潮。
沿河景色多新趣，游子开怀诗兴豪。

（一九九三年一月九日）

亚历山大滨海一瞥

万顷碧波千堆雪，群楼竞向高空射。
迎风城堡古今观，奇异风光招远客。

（一九九三年一月十日）

亲友篇

叶玉超伉俪银婚颂[①]

漫漫人生路，双双结伴行。
理连枝自茂，蒂并莲弥清。
画入玲珑景，诗吟骨肉情[②]。
炎黄成一统，华夏等干城[③]。
极目关山秀，雄怀广厦明。
金婚觞尽日，两峡共尊荣。

（一九八八年十二月二十七日）

【注】

① 叶玉超祖籍福建，香港著名诗人，中华诗词学会顾问，福建三山诗社副理事长。其妻唐壁珍，香港画家，杭州之江诗社顾问。叶伉俪为交流闽港文化不惜心力，对家乡诗事繁荣与发展贡献很大。

② 叶玉超同香港著名摄影家陈复礼等合作，以《诗情画意玲珑景》为题，在《成报》连续发表题画诗148首（幅），深受读者欢迎。

③ 《辞海》云：干与城皆捍卫之具，因用为捍卫之义。

赠友远别

春满燕山留不住，凌空万里伊邦去。
来来去去不寻常，为教红花盈广宇。

（一九七九年三月二十四日）

【附记】

老友詹世亮、邵木兰伉俪将赴我驻伊拉克使馆工作，赠此小诗，以慰远别。

步原韵回赠田培杰同志

投笔从工志亦雄，陶朱美誉溢寰中。
慨然义助文明业，再现马恩友谊风。

（一九九〇年四月）

【附记】

田培杰诗：《赠孙公铁青》“笔走龙蛇气韵雄，生民忧乐系胸中。最难事业文章外，更有尊贤下士风。”

题赠贾廷峰先生

敢效陶朱立志宏，弃官下海巧经营。
广交天下丹青客，艺术场期播远名。

（一九九九年二月二十六日）

观西湖水莲兼贺郝一新婚①

俊美睡莲如丽人，红花绿叶系游魂。
郝郎喜度新婚月，留影花前贺晚春。

（二〇〇〇年五月十一日）

【注】

① 郝郎指郝一同志，原全国政协服务局副局长。

谢民诚[1]

征战余生凝挚友，迢迢千里两相知。
中秋共赏同心月，月饼年年寄远思。

（二〇〇〇年九月三日）

【注】

① 张民诚，老抗日战友，曾任上海市老干局长，已离休。他每年中秋都寄赠月饼，余深受感动。

与建国初期之上海友人欢聚

五十春秋一瞬中，青年多已变衰翁。
言谈笑貌还依旧，国运民生忧乐同。

（二〇〇〇年十二月十八日）

赠张德勤同志

披荆斩棘创先河，冲破樊篱硕果多。
保用相兼功效广，弘扬文物万民歌。

（二〇〇一年七月二十六日）

附：

德勤诗《铁青同志雅正》

文博事艰难，吾兄敢领先。
举措合时宜，坎坷志愈坚。
我得附骥尾，征途自著鞭。
共奉千秋业，两任一线牵。

（辛巳仲夏写于北戴河德勤）

歌惠东丛园①

我本农家子，园林倍觉亲。
白云低远树，绿水绕蓬门。
足踏石花路，心迷岸柳魂。
鱼钩飞碧水，棋子落清音。
知己畅谈罢，酒杯交碰频。
休闲如此地，福寿胜仙人。

（二〇〇夺年七月六日）

【注】

① 惠东丛园，乃深圳一当代诗友吴北如租地经营之庄园。

周倜收藏捐献艺术洋瓷赞

友人周倜，三次赴美，缩食节衣，铁鞋踏破，从古玩市场选购欧、亚、美可做标本的艺术洋瓷数百件运回国内，从事鉴赏、研究，并无偿捐献博物馆长期陈列，借以展示我国陶瓷业已落后于世界，须大力振兴。余感其爱国情深，以诗赞之。

陶瓷艺术五洲通，洋漏捡回为振兴。
唤醒国人睁睡眼，须知时势定雌雄。

（二〇〇三年十一月二日）

闻长女上大学有感

当代盲愚终有涯，欣知长女上清华。
巍巍学府来捷报，笑看老妻飞泪花。

（一九七三年九月五日）

赞蕙琴

手脚勤，埋头干；
好疼人，爱包办；
身体不好充好汉；
别人闲，靠边站；
她却忙得团团转；
不赖自己不得法，
尽说别人是懒蛋。

（一九九四年三月二十七日戏书）

为晓青儿与陆莹新婚而作

煜煜新长征，雄哉万里程。
连枝两雏燕，比翼双飞鸣。
敢拂风霜意，何畏烟火情。
完成四化日，杯酒任说评。

（一九七九年一月）

爱女谣

吾爱静秋女，聪慧又单纯；
学习成绩优，才情若流云；
做事重功效，说笑利舌唇；
最喜心地好，敬老又疼人；
有时脾气暴，得理不饶人；
看报习惯好，思想宜精深。
愿尔结婚后，进取心永存；
遇事要多思，严己又宽人；
家庭尚和睦，夫妻百年亲；
双双为革命，勿愧接班人。

（一九八一年四月于红霞公寓）

赠葛森夫妇

骨肉情深惜远离，重洋异国音书迟。
白头偶聚忍忽散，笑洒涕泪话儿时。

（一九八二年七月）

【附记】

1982 年 7 月，同吾妻蕙琴久居美国之表弟妹葛森、荣湘欢聚。聚而复别，感慨万端，成得此吟，聊作纪念。

咏小女燕霞[①]

小女燕霞性格成，红装不爱爱英雄。
雷锋气质木兰骨，苦练长征大本领。

（一九八四年三月）

【注】

① 小女燕霞，时年二十三岁。

喜小女成婚

小女燕霞已长成，才德俱美姿如英。
喜择爱侣终身定，携手同心共远征。

（一九八六年八月八日）

羊毛婚吟[①]

我与蕙琴，于1948年12月23日喜结良缘。四十年来，心心相印，风雨同舟，共建家庭，堪称幸福。因得诗一首，以为纪念。

鲁冀千里结良缘，风雨同舟四十年。
连理花繁枝叶茂，羊毛永续金婚连。

（一九八八年十二月二十三日晚）

【注】

① 西俗谓结婚后二十五年为银婚，四十年为羊毛婚，五十年为金婚，六十年为钻石婚，七十五年为金刚石婚。

为蕙兰七十诞辰而作

凡女非凡德性纯，勤劳节俭和亲邻。
感时忧国祈安乐，巾帼群中贤慧人。

（一九八九年三月十九日晨）

【附记】

蕙兰是爱妻蕙琴的姐姐。1989年3月19日为蕙兰七十诞辰。感其平生志行高洁，成此诗句，书成条幅，与蕙琴合署相赠，聊表祝贺。

哭三弟

三弟泮海，被肝癌夺去生命。余悲痛至极，吟成此诗。

肝癌大恶魔，医疗莫奈何。
吞噬泮海命，悲泪满心窝。

（一九八八年八月二十日）

哭泮芳妹

鲁北平平一女英，大同梦想重身行。
贤妻良母人人敬，忍别芳魂泣断声。

（一九九〇年十二月九日）

哭四叔联

鲁北平民，京郊农工，劳动终生唯奉献；
乡里祥和，同志互敬，亲朋满座共哀伤。

（一九九三年三月二十五日）

送晓青儿远行赴任

远任南疆祈顺风，愿儿勤奋立新功。
钢刀百炼锋方利，怒斩妖邪促大同。

（二〇〇〇年十月二十六日）

杂咏篇

咏砚石

喜获金星砚

书城喜获金星砚，墨舞师承颜鲁公。
莫道闲情逐逝水，添些文采润东风。

（一九六五年九月四日）

自雕端砚铭

七星岩畔紫云乡，得石宋坑喜欲狂。
着意精雕两小砚，书城墨舞气昂扬。

（一九八一年春）

七星端砚铭

名端贵眼奇，鸲鹆美而稀。
龙舞牵金线，七星壮丽姿。

（一九八四年二月二十日）

咏徐公砚石

（一）

友赠徐公石一方，怀归千里入家藏。
忽残难忍双行泪，有幸复原喜复狂。

（二）

徐公砚石半天成，兼得雕师百炼功。
质地优良工艺美，兴来泼墨写春风。

（一九九二年二月十一日）

当代中外书画家作品肇庆邀请展

七星岩畔彩旗翻，书画如云研石妍。
翰墨齐挥多妙手，端州美誉入高天。

（一九九二年二月二十一日）

咏龙尾竹节砚

龙尾石珍工艺良，形如翠竹节微黄。
手摩心爱同衾枕，戏谓伊能助寿长。

（一九九四年四月二十二日）

咏澄泥仿古砚

澄泥仿古砚如铜，六面皆图雕亦工。
山水苍茫松柏静，鸭游墨海逗书翁。

（一九九四年七月二十七日）

咏鱼形小金星砚

宛如静静水中游，为觅新欢掉尾求。
此砚教人难释手，神工信比自然优。

（一九九四年九月二十六日）

龙尾荷砚铭

金色残荷掩碧池，满天星斗护持之；
织成秋景长相伴，泼墨挥毫成小诗。

（一九九五年三月三十日）

砚雕工艺赞

工艺精良金玉开，徐公残石变奇材。
随形雕得晚秋砚，更有跋诗志雅怀。

（一九九六年一月二十四日）

鱼子砚板铭

鱼子如珠密且匀，石珍工细板材纯。
满天霞彩兼波涌，一道银河系暮云。

（一九九八年二月二十二日）

【附记】

日前，从潘家园文物小市购得一方鱼子砚板。鱼子石乃歙石之一种。此石鱼子密布，色彩斑斓，当居上乘。砚板宽20公分，长30公分，厚3.6公分。我朝夕抚摸，心甚爱之。

绛州澄泥砚

名砚澄泥产绛州，文人历代共春秋。
蔺家父子俱高手，开发重登百尺楼。

（二〇〇〇年三月二十七日）

坑子岩端砚铭

似玉温匀稀世岩，随形施艺自天然。
梅兰竹菊雕工细，惹动诗情若涌泉。

（二〇〇〇年七月十四日）

咏友人赠麻子坑端砚

麻子坑中选石精，良材巧遇艺高星。
砚池宛若天池美，绿岸红梅春意丰。

（二〇〇〇年十二月一日）

芙蓉鸳鸯端砚铭

火捺相连紫云英，芙蓉奇丽艺雕精。
鸳鸯戏水砚池里，惹动诗翁翰墨情。

（二〇〇二六月十三日）

山水端砚铭

巧运飞刀山水鲜，神州砚史见新篇，
林山韵美托弯月，江水波平荡小船。

（二〇〇二年十月二十五日）

吉星高照端砚铭

此砚乃肇庆制砚高手莫伟坤先生寄赠。质地温润，紫猪肝色，随形施艺，巧夺天工。砚池中一俊美之石眼高悬，有如皓月；腹背各有石眼二、三，酷似星斗。楷书题刻“吉星高照”四字。

莫君砚艺重天然，温润随形若紫肝。
更喜星空悬皓月，教人笔畅墨生烟。

（二〇〇三年一月二十一日）

对板端砚铭①

石头细润空灵，斑彩饱含韵情，
手感温馨似玉，挥毫益寿双赢。

（二〇〇三年四月二十九日）

【注】

① 此对板端砚乃以麻子坑石一分为二为之，石质纯净，有鱼脑冻和翡翠带等石品，为肇庆友人邹杰华先生所赠。余十分喜爱，加意珍藏，以铭记之。

咏程八精致袖珍砚

赞叹高师制砚功，雕精艺美韵无穷。
紫檀盒乃非洲木，乐煞京华爱砚翁。

（二〇〇三年十二月一日）

记友人赠双牛旧砚

雕艺超群丝细匀，双牛戏水荡心神。
邮程万里友情重，此砚欣当见证人。

（二〇〇四年五月二十四日）

麻子坑程八端砚铭

石润品珍色似肝，造型精美画图妍；
这般砚艺世稀有，悦目赏心乐永年。

（二〇〇四年十一月二十四日）

海月端砚铭

海上升明月，清辉满世间。
浪花频起舞，遥祝月常圆。

咏石头记书卷歙砚

安徽屯溪市老街有个制品精良、声誉远播的三百砚斋。三百砚斋主周小林先生，将其精心设计制作之石头记书卷歙砚赠余，作为余赠其诗书作品之回报。他在附言中说："1997年6月，你为我书写了一幅香港回归的墨宝：'太平山上落英旗，猎猎红星固国基。奇耻百年终得雪，明珠碧海焕雄姿。'诗好，字也好。我一直想作一方上佳歙砚回报先生，一晃就是8年，愧疚抱歉之情时时在我心中萦绕，乞望先生原谅！"周先生艺德之高尚，令我感动。他还介绍：此砚为蝌青鱼子纹，石质苍青纯净，雕刻娟秀精致。且发墨益毫二德兼备，颇具书卷气。余反复鉴赏，至为喜爱。遂吟成一首七绝，书赠周小林先生，聊表谢意。

三百砚斋越古今，德高艺劭友情深。
石头梦境招人醉，书卷铭词字字珍。

咏友人邹杰华寄赠之张庆明大师仿古端砚[①]

雕工精妙胜机轮，仿古名端可乱真。
如此奇才诚国宝，难能伯乐是知音[②]。

（二〇〇六年九月二十六日）

【注】

① 张庆明，广东工艺美术大师，肇庆端溪名砚厂设计师。他擅长薄意雕、浮雕线刻和微雕；花鸟、人物兼擅，尤喜以经典名著入砚，高古典雅，独具风格。

② 伯乐、知音，指端州友人邹杰华。

咏花卉

题《令箭荷花》

百花园里绽新蕾，宛若玉娇金屋来。
愿汝永似画面意，征途险去瑞云开。

（一九八〇年一月）

昙 花

玉枝阔叶书城前，花似冰凌香似兰。
莫道昙花只一现，须知一现顶三年。

（一九八四年七月上旬作于昙花盛开时）

文殊兰

状若玉蜀绿叶宽，紫茎挺叶蒴椒悬。
粉花六瓣姿婀娜，一缕幽香满房间。

（一九八六年八月二十八日）

观全国花卉博览会

忽如春驻万花开，红紫芳菲映碧埃。
最数曹州新品好，天香独下四金牌。

（一九八七年四月三十日）

瓜叶菊

瓜叶低垂碧似堆，菊花瓣蕊艳如梅。
新春已见蕾初放，盛夏犹教春意回。

（一九八七年六月十九日）

雪野茶花

并序

1961年1月，余率中国青年代表团赴缅甸访问途中，曾在昆明稍事停留。遇大雪，日积寸余，万物皆白，为数十年所未有。皑皑白雪同如火茶花相辉映，令人心旷神怡。花王狮头，经银装素裹，奇艳无比，更令人如醉如痴。因作七言绝句以歌之。

南国冬深忽大雪，千山万树烟尘绝。
狮头红艳又银装，宛似青娥衣百结。

（一九八八年四月十六日）

咏 菊

霜重秋深百卉凋，黄花篱下益妖娆。
只因生就傲霜性，文士竞相飞彩毫。

（一九八八年三月十三日）

中国市花展览

百市王花一望中，风姿各异影重重。
征途纵有千辛苦，盛世原应万紫红。

（一九八八年十月八日）

紫 玉 兰

花繁品异紫玉兰，独立高枝书舍前。
玉臂红裳如越女，幽香阵阵润心田。

（一九八九年四月一日）

泡 桐

黄河侧畔泡桐多，倒挂繁花似紫萝。
兰考英雄开富路，首凭此树镇沙魔。

（一九八九年四月十七日）

赞沂蒙根艺

沂蒙根艺可称奇，型美艺工韵若诗。
最是嫦娥奔月景，长空万里舞仙姿。

（一九八九年五月十日）

咏水仙

银盘金盏玉簪颜，淡雅芳馨波上仙。
一缕浓香酬旧岁，满怀清气入新年。

（一九九〇年一月二十七日）

刺儿梅

铁枝利刺绕如盘，巧缀红梅分外妍。
晨起伴余行导引，神完气顺美心田。

（一九九一年二月二十八日）

腊梅盆景

虬干铁枝窗印痕，黄梅朵朵暗香匀。
枝头花落抽新绿，两样风姿都醉人。

（一九九二年一月十七日）

感友人由闽寄赠水仙而作

仙子凌波万里来，感君深谊尽心栽。
绿裳婀娜清香溢，夺得青阳冬日开[①]。

（一九九二年一月十八日）

【注】

① 青阳，即春天。《尔雅释天》“春为青阳”，“气清而温阳”。

兰花吟

钧盆披挂绿衣裳，花绽紫茎淡雅妆。
最是奇香冠百卉，教人半醉半清狂。

（一九九七年十一月二十三日）

咏玉兰

玉兰笑对艳阳天，洁若冰凌美若莲。
风送暗香招客醉，春光占尽倍增妍。

（二〇〇五年三月二十日）

作楹联

（一）

勤劳致富福如海
高尚修身寿似松

（二）

明月清风何用买
诗情画意不须闲

（三）

翰墨情深歌四化
丹青意远美神州

（四）

笔歌墨舞趋时异
画意诗情入世新

（五）

井中只道天真小
书外方知世不平

（六）

蝉高声自远
火烈金弥纯

（七）

山川论险推西岳
花卉称王是牡丹

（八）

丹青手妙春常在
翰墨情深韵自香

（九）

军民情同鱼水
国防固若金汤

（十）

休闲可好诗书画
做事还生精气神

（十 一）

刘伶酒德狂中颂
李白诗歌醉里成

（十 二）

利己先利人，天公地道
昌言并昌行，国泰民安

（十 三）

人人争创和谐社会
户户皆成小康人家

（十 四）

婚 联

并蒂花香蝶驻久
连枝叶茂鸟栖多

（十 五）

为北京大学博物馆撰联

汇文物精华喜教游人开眼界
穷史实妙理恭由学者壮心灵

（十 六）

为周恩来邓颖超纪念馆撰联

胸宽虑远共图统一千秋业
德广才高力挽狂澜百世勋

（十 七）

纪念邓拓诞辰80周年

才横江海燕山夜话文思妙
笔走龙蛇时事述评义理新

（十 八）

贺陆平八十大寿

披荆斩棘征程老将
冒雪顶风寿域苍松

（十 九）

为贺敬之柯岩金婚作联

敬业诗坛歌之韵美
柯荣艺苑秀岩气清

（二 十）

贺中央电视台成立四十五周年

万里波传人心似镜
千秋影续世态长存

（二十一）

嵌“丰庆”二字楹联

丰产志雄，全面小康添干劲
庆功勿懈，宏图大展向桃源

（二十二）

题赠新世纪饭店

万里宏图，宾至喜归新世纪
千杯美酒，梦酣弥恋大桃源

（二十三）

王羲之故居门联

奇少出琅琊，艺绝山阴，临流醉写兰亭序
世人尊书圣，争瞻故里，笔阵频开洗砚池

（二十四）

盼 奥 运

盼奥运，圣火辉煌，光今耀古
育新人，身心茁壮，继往开来

（二十五）

题赠戏迷协会

京剧姓京革新有道虎添翼
戏迷知戏韵味浓时掌若雷

（二十六）

迁居贺联

更新宅院全家乐
光耀门庭万事兴

（二十七）

为扬州卷石洞天撰联

水榭朝曦花绽露
山房晚照柳生烟

（二十八）

庆祝中国共产党成立八十周年

百年征战，壮志终酬，已断旧时贫苦路
万里江山，宏图大展，重开新纪幸福泉

（二十九）

“归去来亭”联

手栽篱下菊，善领南山长寿意
梦入桃花源，巧织天国大同图

（三十）

撰扬州个园对联

此园花秀春常驻
古地史芳人亦雄

（三十一）

题赠白天鹅宾馆

诗歌酒舞天鹅馆可来宾意
月石梅竹故乡水怜归侨心

（三十二）

福寿楹联

勤劳致富福如海
高尚修身寿似松

（三十三）

为浙江少儿电视台开播题辞

业精于勤兴电视
寓教于乐育新人

咏 犬

智能侦破案，狩猎代人劳。
尤贵知情义，家贫不跳槽。

（二〇〇五年十月二十二日）

猪年偶吟

猪是农家宝，粪为耕地金，
三农前程好，丁亥庆新春。

（二〇〇七年一月五日）

《孙轶青诗词集》补记

本来，这篇文章应该由父亲亲自撰写。为自己的诗集题跋或作序，他一直心存此愿。

然而，生活中有太多的意外。今年5月18日，父亲在浙江省绍兴市参加一个文物鉴赏活动时，突发脑溢血病倒，至今尚未清醒。

事前没有任何征兆。父亲一向对自己的身体充满自信，80多岁了仍奔波不已，游历各地。那天在绍兴，他兴致勃勃地参观完一处令人震惊的民间收藏后，正在发表自己的见解，突然口齿含混，吐字不清，瞬间便如一座大山轰然倒下。

父亲的足迹遍及全国，怎么会突然止步于人杰地灵的绍兴呢?

绍兴，一座历史文化名城。城东南6公里处，坐落着夏禹的陵墓，它见证了这片江南水乡4000多年的历史，见证了历朝历代的文人墨客在这里演绎的无数动人故事。距城西南13公里的兰渚山麓，是闻名遐迩的兰亭。永和九年（公元353年），东晋大书法家王羲之就是在这里邀集友好，曲水流觞，撰写出书家绝唱《兰亭集序》，兰亭遂被后世尊为书法圣地。城内，有两座相隔不远的院落，一座为贺秘监祠，据传是唐代诗人贺知章荣归故里的居所。贺知章是绍兴人，生性狂放，落拓不羁，在外漂泊50余年，告老还乡时已86

岁高龄。“少小离家老大回，乡音无改鬓毛衰。儿童相见不相识，笑问客从何处来。”他的这一名篇，传诵千古。另一座是更为著名的沈园。南宋大诗人陆游一生创作颇丰，其诗语言清新，气势豪放，内容多表现抗金入侵、收复山河的志向，唯独这首题写在沈园一面墙壁上的“红酥手，黄縢酒，满城春色宫墙柳”的《钗头凤》，抒发了诗人在此偶遇前妻唐婉时生发的绵绵相思和丝丝愁绪。到了近现代，从绍兴走出的名人就更多了，包括革命家秋瑾、教育家蔡元培、文学家鲁迅等等。鲁迅先生生于斯长于斯，在绍兴度过了他的童年和少年，《从百草园到三味书屋》所记述的，就是那一段让先生回味无穷的往事。如今，百草园和三味书屋物是人非，成为游人如织的旅游胜地。

父亲莫非和这块文人荟萃的地方有缘？

作为国家文物局前局长，父亲对文物的保护、利用、收藏、鉴赏有独到见解，此行即是为他一贯倡导的民间收藏而来。

作为中国书法家协会前理事，父亲一生酷爱书法，对书圣王羲之更是尊崇有加。他曾3次拜谒兰亭，第一次题诗曰：“诗尊书圣众芳来，洗砚池边笔阵开。凤翥龙蟠欲胜昔，临池发奋共虚怀。”4年后，他再次光临兰亭，留下一首七律，其中四句说：“遥忆昔贤觞咏趣，近观高士壁碑情。从来此地书风盛，乘兴挥毫气自雄。”

作为中国新闻界的老报人，父亲给我们留下了永远手不释卷的印象。也许是曾在3家报社担任过主要领导职务的缘故，他几乎读书成癖，不止一次说过：“总编辑者，总学习也。”而在他的书橱里，除了马列著作，排列最长的就是《鲁迅全集》了。

作为中华诗词学会会长，父亲几乎将离休后的全部时间和精力专注于振兴中华诗词之大业。为此，他殚精竭虑，不计报酬，甚至自掏腰包为诗词学会办事；为此，他推陈出新，倡导改革，力主当代诗词要反映时代，贴近生活，面向民众；为此，他行走各地，广交诗友，吁请有志于此的各界人士重视诗教，净化诗风，振兴诗运，营造诗国，促进了当代诗坛的繁荣与发展。他的绍兴之行，虽然与陆游、贺知章没什么指向性联系，但冥冥中似乎又有一缕诗魂相牵。

我们最早知道父亲对诗词的喜爱，是在十年动乱之中。那时，晓青在遥远的云南边陲当兵，父亲在宁夏银川的中宣部“五七干校”接受劳动“改造”，偶尔会给晓青寄去他的诗作，其中我们印象最深的就是《井冈山道路之歌》。1971年夏，父亲已脱离被批斗的困境，虽未彻底“解放”，但总算摘掉了“走资派”的帽子，想必心情不错。加之晓青初入军旅，还算新兵，所以他在建军44周年之际写成的这首诗，除了感事抒怀外，肯定也有对儿子进行党史军史教育的良苦用心。

这期间，父亲还给我们寄过两首五言绝句。其一为《干校自制台灯之歌》：“枯木夺天工，战士夜秉灯，弄通真马列，好辨奸与忠。”前两句写实，说的是他用一截树根制作台灯的事情；后两句言志，显然是针对1970年庐山会议上那场关于“天才论”的风波而言。当时，陈伯达以“革命导师论天才”为幌子，明里坚持设国家主席，暗中为林彪谋求这个职位造势，遭到毛泽东的痛斥。毛泽东还说了一句很重的话，大意是指责陈伯达用几条马列语录竟然使100多名中央委员受骗上当。一场学懂弄通马克思主义的运动随即在全党兴起。父亲从干校回来后，我们终于看到他亲手制作的那盏“枯木夺天工”的台灯：一截毫不起眼的树根，天然去雕饰，质朴且精巧，作为灯柱的枝干上，一片树皮被削掉，露出光滑的原木，上面镌刻的正是父亲手书的这首诗。灯罩用铁丝和废旧塑料布制成，外蓝内黄，扣在灯泡上像个鸭舌帽，别致而实用。接通电源，一团柔光温暖而迷蒙，陪伴父亲在干校度过了一个又一个清苦疲惫的长夜。时至今日，那束光亮好像又照进我们的心里，成为我们对父亲绵绵记忆中最为温馨的一缕。

另一首为《春日感怀》，作于1971年3月：

“老骥贵伏枥，壮怀傲古雄。
无暇搔白首，朝夕备远征。”

我们知道，这是父亲在恢复组织生活时所表达的一种率真心境。同许多老干部一样，尽管他在文革中受到冲击，吃尽苦头，但却始终认定一条：相信群众相信党。所以，一旦莫须有的罪名澄清，他自然以一种感恩之情渴望为党为人民再立新功。记得当年初读这首诗，我们的第一感觉是高兴，是敬佩，甚至还不无骄傲地向朋友们炫耀过。而今细想，忽然发现父亲自称“老骥”时，只有49岁，还不如欣新、晓青和静秋现在的年龄大。看来，父亲从那时起就有一种急于奉献的紧迫感，而这种由紧迫感催生的激情几乎贯穿于他的一生。有诗为证：64岁生日时，他立志“惟望鹏程效九州”；年满66岁时，他退出领导岗位，仍表示“余生尚谙征途远，半退犹当一老牛”；80大寿之际，他这样抒怀：“忧时万念心难老，年暮犹思效马翁”；85岁生日时，他又吟出“图报知恩忙奉献，晚晴犹自乐陶陶”的诗句。谁知，这几乎成了他最后的吟咏。

父亲的诗多为感时之作。这可能与他长期从事新闻工作、担负领导职务，因而具有较强的政治敏感有关。尤其是离休以后，有了闲暇时间，他的诗心诗兴竟随着他游历的足迹一发而不可收，出现一个创作高峰，题材几乎囊括了近20年我们党和国家所经历的各种大事。对此，他的诗友刘征老已在这部诗集的序言中作了客观评述，我们不敢班门弄斧，只想借机补充一个事实，即：父亲是个有情有义也有趣的人，既不古板，更不薄情。他的许多诗篇，既表达了对党、对国家、对人民、对工作的无私大爱，也抒发了对领导、对同事、对亲人、对生活的一片真情。

新中国成立后，父亲在共青团系统工作了15年，是胡耀邦同志的老部下，工作交往较多，“文革”中还一起受过磨难。1989年4月15日，父亲从团中央老领导胡克实同志的电话中得知胡耀邦逝世的噩耗后，马上赶到耀邦家中，在他最敬重的老领导遗像前热泪长流，伫立默哀。听母亲说，当晚，他久坐不语，连夜写了10首七言绝句，题目就叫《哭耀邦》。10年后的1999年，父亲有机会去江西，特意前往共青城，拜谒位于鄱阳湖畔的胡耀邦陵园，并吟诗一首，表达他对这位改革先锋、人民公仆的无限崇敬：“壮丽旗碑松做墙，英姿含笑望鄱阳。只缘领袖是公仆，凭吊人流日日长。”

对于我们几个子女，父亲诗中有描述更多是励志。大女儿欣新1968年去山西农村插队，1973年作为工农兵学员考上清华大学。父亲闻讯一声长叹：“当代盲愚终有涯”；继而高兴地写到：“巍巍学府来捷报，笑看老妻飞泪花。”二女儿静秋，天性活泼，一点也不安静，常为家庭制造欢乐，很受父母宠爱。她结婚时，父亲写了一首挺长的五言诗《爱女谣》，起笔便是："吾爱静秋女，聪慧又单纯；学习成绩优，才情若流云"，末了又语重心长地叮嘱道："遇事要多思，严己又宽人；""双双为革命，勿愧接班人。"相比之下，三女儿燕霞更是至纯至善，她崇敬英雄，一身正气，丝毫没有一般女孩子的娇柔和虚荣。所以，父亲在赠诗中称赞她"雷锋气质木兰骨"，"红装不爱爱英雄"。对于儿子，父亲的爱意表达似乎比较含蓄。1979年晓青结婚时，正值南部边陲战云密布，晓青提出要去前线采访，父亲当即表示赞赏和支持。于是，在他为晓青新婚而作的五言律诗中，便有了如此豪迈的诗句："敢拂风霜意，何畏烟火情。"如今重读，往事历历在目，父亲的养育之恩和教诲之情如潺潺溪水，在我们心中汩汩流淌，温润、清凉，又有几分痛楚。

耐人寻味的是，父亲写领袖，写战友，写至爱亲朋，多用庄重笔法，谨遵诗词格律，唯独对我的母亲，他却写了一首轻松诙谐的打油诗："手脚勤，埋头干；好疼人，爱包办；身体不好充好汉；别人闲，靠边站；她却忙得团团转；不赖自己不得法，尽说别人是懒蛋。"虽说是调侃有加，倒也十分传神地描摹出母亲的脾气禀性和行事风格。记得一次家庭聚会，父亲拿出这首诗让静秋当众朗读，结果可想而知：我们簇拥着母亲，一个个笑得前仰后合。父亲则端坐一旁，乐不可支地看着大家，好像他作这首诗，为的就是逗全家开怀一乐。

同样让全家人乐了一阵的，还有父亲的一首《咏犬》诗："智能侦破案，狩猎代人劳；尤贵知情义，家贫不跳槽。"不知为什么，父亲有那么多诗，却偏偏挑出这一首亲笔题写在瓷盘上，烧制后送人。还是母亲一语道破玄机：你们的爸爸属狗。笑声中，我们领悟了父亲的幽默：他这是在用狗的忠诚和情义自喻啊！父亲时年84岁，他是否认为，忠诚与情义，大体可以概括他这一生呢？

这部诗集是从今年春节后开始整理的。当时，父亲精力充沛，同时铺开几个摊子：既要筹备诗词学会成立20周年纪念活动，又要为他的诗论专著《开创诗词新纪元》研讨会准备发言；既要操办他将在河南郑州举办的个人书法展，又要把散落各处不同时期的近千首诗稿收集起来，整理出版。85岁的老人，居然废寝忘食，常常通宵达旦地读读写写。好在欣新刚退休，有了充裕时间，静秋每天下班后也跟着忙活，她们共同帮助父亲整理打印出这部诗集。

遗憾的是，父亲本人还没来得及最后统稿就病倒了。于是，母亲让我们替父亲写一点说明文字。我们自知才疏学浅，本想推托，无奈母命难违，只好硬着头皮写下这篇补记。

如今，父亲还在沉睡——枕着他的诗稿，握着他的砚台，沉浸在他的诗国书梦中。如果有一天，父亲突然醒来，他会原谅以至认可我们对他的诗作的一通乱弹吗？也许会吧。毕竟，这是我们的真情倾诉。

孙欣新 孙晓青

孙静秋 孙燕霞

二〇〇七年十月十八日